D0805158

L'Évangile
au risque de
la psychanalyse

Françoise Dolto
Gérard Sévérin

L'Évangile
au risque de
la psychanalyse

TOME II

Jésus et le désir

Éditions du Seuil

EN COUVERTURE : tête du Christ
de Wissembourg, Alsace, XIe siècle.
Musée de l'Œuvre Notre-Dame, Strasbourg.
Archives Giraudon.

ISBN 2-02-006320-4 (éd. complète)
ISBN 2-02-006319-0 (tome II)

© Éditions Universitaires, S.A., 1977, J.-P. Delarge, éditeur

Préface

« Jésus enseigne le désir et y entraîne »... écrivait Françoise Dolto dans *L'Évangile au risque de la psychanalyse, tome I.*

Dans ce deuxième livre, Françoise Dolto nous fait part, d'une manière plus méthodique, de cette découverte qui résonne continûment en elle : Jésus entraîne au désir et non à une morale.

Elle nous montre la découverte du désir et son angoisse, la vie du désir et ses éclats de rire, la palpitation du désir et ses tâtonnements, la marche du désir et les confins de la loi... et, avec Jésus-Christ ressuscité, éveillé à une vie autre, Françoise Dolto nous montre la vie du désir qui frémit toujours par-delà les frontières de la mort.

Mais, qu'est-ce qu'un désir, toujours présent, toujours ailleurs... jamais atteint ?

Connaissez-vous le jeu du « pousse-pousse » ? Le pousse-pousse est un rectangle dans lequel figurent les lettres de l'alphabet inscrites sur de petits carrés mobiles. L'ensemble revêt l'aspect des mots croisés. Mais il y a un vide, il y a un carré vide, sans lettre, un trou, une absence, un manque de lettre, un manque de carré.

Grâce à ce vide, à ce manque, on peut bouger les autres

lettres, une à une et ainsi former des mots. Grâce à ce vide, ça fonctionne. Tout le jeu du pousse-pousse fonctionne autour de ce manque.

Il en est de même pour nous. Nous avons un vide, un manque qui appelle. Un manque qu'il nous faut combler mais qui, une fois comblé, est ailleurs, toujours ailleurs. Comme dans le jeu du pousse-pousse, quand nous déplaçons une lettre vers l'espace vide, celui-ci est ailleurs.

Tantôt appelé besoin, tantôt appelé désir, nous essayons de le combler... ce manque.

Qu'est-ce qu'un besoin? Le plus fondamental est celui de respirer. N'est-il pas le premier besoin qui se manifeste à notre naissance? On a besoin d'air. A chaque seconde, ce besoin se fait sentir. Si ce besoin est comblé, nous voilà satisfaits. S'il ne peut être contenté, l'angoisse surgit car se profile la mort.

Un autre besoin moins immédiat que celui de respirer est le besoin de manger. Nous avons besoin d'un objet, le pain, par exemple, pour apaiser notre faim, pour satisfaire notre besoin de manger, pour emplir ce trou, ce «creux» de l'estomac.

Mais, bien vite, en plus du pain, nous avons envie de bonne chère, de vin, d'une certaine ordonnance du repas, d'une certaine présence, de conversations, nous «désirons» une «convivialité» : une communication avec d'autres autour de la table.

Nous passons, vous le voyez, de la consommation à la communion. Nous passons du besoin de manger au désir de communiquer.

Le besoin nous met en relation avec un objet prometteur de plaisir et autre que nous.

Quand le besoin apparaît incapable de combler une vie,

nous mine alors la dépression... car le désir et son abîme se découvrent, mais nous ne percevons pas ce désir et son gouffre, trop démunis et aveuglés que nous sommes encore pour un temps.

Le désir est une rencontre inter-psychique avec un autre. C'est une dynamique, un élan, une source qui nous pousse dans la vie, à la recherche des autres qui nous appellent aussi. Ce n'est jamais fini.

Hélas, parfois aussi cet élan vers le manque à combler, manque toujours autre ou toujours ailleurs, peut retomber dans une espèce de bégaiement ou de répétition...

Nous reproduisons toujours les mêmes gestes pour éviter d'inventer autre chose et d'approfondir le sens de notre vie. Machine à répétition, à play-back, nous «comblons» ainsi notre vide.

Par peur du gouffre et de son vertige, nous faisons des redites. Écho d'une trouvaille ou d'une aventure qui fut unique et naguère passionnante, notre rengaine d'aujourd'hui radote nos batailles, notre souffrance et nos joies d'hier.

Au lieu de parler «juste», nous discourons, nous bavardons «pour ne rien dire». Au lieu d'être inventifs, créateurs, nous nous en tenons à ce qui a fait ses preuves. Au lieu d'être attentifs, par exemple, à l'éveil de nos enfants, nous préférons parler d'eux ou assister à des réunions, des meetings, à des symposiums, à des travaux qui préparent leur avenir ou... l'avenir des enfants des autres! Nous savons ainsi des choses sur eux mais rien de ce qui, de leur vie, interroge la nôtre.

Toutes ces activités nous «dispensent» d'éprouver le manque qui nous constitue : «on ne manque de rien!» (1).

----

(1) *Le temps du désir*, Denis Vasse, Seuil. Ce petit livre est passionnant.

Oui, ce qui, du désir, se répète choit dans le besoin : on a alors besoin, par exemple, de réunions comme on a besoin de mangeaille !

Ce qui ne veut pas dire que les habitudes, les recommencements, les reprises ne peuvent être des occasions de renouvellements.

Ils sont changement ou renouveau si le désir anime ces habitudes... si ces habitudes sont canaux ou barrages qui forcent le désir à s'approfondir, à s'obstiner, à grandir... Le poète ne l'a-t-il pas compris qui dit :

«Cent fois sur le métier, remettez votre ouvrage,
Polissez-le sans cesse et le repolissez...»

Le désir, qu'il s'exprime dans de perpétuelles innovations ou qu'il sourde d'habitudes ou de traditions, est toujours nouveau, toujours plus profond, toujours ailleurs.

Le désir c'est l'élan vers l'indescriptible qui est toujours hors de portée, qui est toujours manquant... Il nous fait vivre dans l'inachèvement et la contradiction.

L'inachèvement et la contradiction font partie de notre humaine condition. Peu rassurants, ils nous invitent à vivre dans «l'écart», dans la faille, dans la faim, dans un état de manque. Ni tare, ni maladie, ni péché, c'est notre manière d'être, elle fait «vibrer la note de l'Absolu au cœur de l'éphémère et de l'incertain», comme l'écrit René Gaillard.

Le désir ne serait-il pas spirituel ?

Être riche de l'autre, que je désire, est impossible, appréhender l'autre est illusion. L'autre toujours échappe : son altérité est radicale. L'autre est insaisissable. Fondamentalement autre.

Pour nous satisfaire pendant un long temps, l'autre est inutilisable !

Rien ni personne ne peut contenter le désir.

Toujours le désir nous stimule à aller plus loin, à aller, comme l'enfant prodigue, toujours au-delà des jouissances auxquelles nous pensons être appelés...

Dans ce livre, nous exposons l'esquisse de la manière dont, dans les Évangiles, «Jésus enseigne le désir et y entraîne».

Gérard Sévérin

Traduction originale des évangiles réalisée par Gérard Sévérin sur la base des éditions critiques du Nouveau Testament Grec — Édition Nestlé.

L'étrangère

Évangile selon Saint Marc
Chapitre VII — versets 24 à 31

Il se leva et partit vers la région frontière de Tyr. Il entra dans une maison. Il voulait que personne ne le sût. Mais il ne put rester incognito.

Tout de suite, une femme, ayant entendu parler de lui, arriva et se jeta à ses pieds : sa petite fille avait un esprit impur (1).

La femme était grecque, d'origine syro-phénicienne. Elle lui demanda de faire sortir le démon de sa fille.

Il lui dit : «Laisse d'abord les fils se rassasier. Car ce n'est pas beau de prendre le pain des fils et de le jeter aux petits chiens».

Elle lui répondit en disant : «Oui, Seigneur, mais les petits chiens, sous la table, se nourrissent des miettes des enfants».

Il lui dit : «A cause de cette parole, va, il est sorti de ta fille, le démon».

---

(1) Littéralement : souffle fétide.

Et, revenant dans sa maison, elle a trouvé l'enfant renversée sur le lit et le démon parti.

A nouveau il sortit de la région frontière de Tyr, passa par Sidon, vers la mer de Galilée, à travers les frontières de la région des «Dix-villes».

Évangile selon Saint Matthieu
Chapitre XV — versets 21 à 28

Jésus se retira du côté de Tyr et de Sidon, et voilà qu'une femme, une Cananéenne, venant de cette région frontière, se mit à crier : «Aie pitié de moi, Seigneur, Fils de David : ma fille est salement possédée». Mais il ne lui répondait pas un mot.

Alors ses disciples s'approchent et le supplient : «Libère-la, elle crie après nous!». Il leur répond : «Je n'ai été envoyé que vers les brebis, celles qui sont perdues, de la maison d'Israël».

Mais elle arrive, elle se prosterne, elle lui dit : «Seigneur, viens à mon secours!».

Il lui répond : «Ce n'est pas beau de prendre le pain des fils et de le jeter aux petits chiens».

Elle lui dit : «Oui, Seigneur... mais justement les petits chiens se nourrissent des miettes qui tombent de la table de leurs maîtres».

Alors Jésus répond.

Il lui dit : «Femme, grande est ta confiance! Que ce soit comme tu veux».

A cette heure-là, sa fille fut débarrassée de son mal.

Gérard Sévérin

Jésus vient d'être accusé par les Pharisiens de transgresser les traditions. Après discussion avec eux, Jésus quitte la région...

Françoise Dolto

Oui. Dans ce passage, on voit Jésus dépasser la lettre de la loi de Moïse pour y trouver l'esprit. Il ne vient pas supprimer la loi mais la féconder, lui donner vie.

On dirait qu'il transgresse mais, en fait, il fait découvrir le ferment des lois, il fait retrouver la source des règlements : il quitte la lettre des lois juives pour trouver l'esprit universel de la conduite des hommes.

«Peu importe la manière dont vous vous lavez les mains avant de manger, peu importe ce que vous mangez; l'important, c'est votre cœur, c'est là que peut se loger le mal». C'est une révolution dans la manière de penser de ce peuple qui entoure Jésus.

Il passe une «frontière»... théologique en supprimant des interdictions.

Et maintenant, dans ce passage d'évangile, il passe une frontière territoriale : de la terre d'Israël, il passe en terre païenne...

Ce fait m'apparaît comme déterminant. Cette «longue marche» de Jésus le fait quitter la terre du salut pour la terre des païens, près de Tyr et de Sidon. C'est inouï.

Jusqu'ici, il a dit à ses apôtres qu'il envoie en mission :

«Ne faites pas route vers les païens, n'entrez pas chez les Samaritains, allez vers les brebis perdues d'Israël» (1).
Et voilà qu'il s'aventure hors d'Israël!

En fait, il ne s'aventure qu'à moitié : il veut garder l'incognito...

C'est vrai. Il m'apparaît incertain, indécis. Il fait les choses à moitié : Il va bien chez les païens, mais il n'y fera pas de miracle... Quand la femme l'implore de venir à son secours, il ne répond pas... Quand les disciples lui demandent de faire quelque chose, il dit qu'il n'a été envoyé que «pour les brebis perdues de la maison d'Israël»! On a une impression de brouillard.

Vraiment, vous croyez qu'il n'y voit pas clair?

Son attitude circonspecte, réservée, ne montre-t-elle pas le problème qui se pose à sa conscience de Juif, qu'il est en tant que fils d'homme : Israël ou bien le monde entier?

C'est une phrase de cette grecque païenne qui transforme Jésus. Cette femme dit en effet : «Les petits chiens, sous la table, se nourrissent des miettes des enfants». Jésus lui répond : «A cause de cette parole, va, il est sorti de ta fille, le démon».
Que veut dire : «A cause de cette parole...»?

Jésus n'imagine pas encore clairement qu'il pourrait être envoyé aussi à toutes les nations.

---

(1) Matthieu : Chapitre X — versets 5 - 6.

Ici, il s'aventure... mais s'il s'aventure hors de ses frontières, il ne «nourrira» que des Juifs. Sans doute Jésus ne sait-il pas encore nettement sa mission.

Peut-être aussi craint-il de troubler ses disciples et de mettre en eux un ferment destructurant pour leur personnalité de Juif... Il n'a pas encore fait ses grands miracles. Peut-être est-ce trop tôt pour sa pédagogie...

Dans cet événement qui pourrait apparaître mineur par rapport à bien des miracles, nous assistons à la naissance, en Jésus, de son désir, ou plutôt à la découverte de son désir.

Oui, je pense qu'il se trouve devant une manifestation de son désir : être «aux affaires de son Père» (1), Père de tous les hommes et pas seulement des Juifs.

La découverte de ce désir inédit, original, forcément unique, l'angoisse... comme pour chacun de nous, car il est homme.

C'est un moment mutant dans le destin de Jésus-Christ. Comme tous les moments mutants, ils sont toujours vécus avec angoisse et ils demandent un signe de Dieu. Nous attendons ce signe pour avoir l'énergie d'accomplir un désir qui nous étreint mais dont nous ne sommes pas sûrs. D'autant moins sûrs parfois, que nous aurons à transgresser des lois!

Cette Grecque, Cananéenne, signe donc une mutation dans le destin conscient de Jésus?

Pour la première fois, une étrangère, une païenne, une vraie païenne de naissance, lui demande de se conduire en Messie, en Christ, en prophète qui guérit une étrangère en terre étrangère!

_____

(1) Luc : Chapitre II — verset 49.

Pour la première fois, il découvre qu'une païenne peut avoir confiance en lui... que les rapports de foi, de salut, de communication peuvent dépasser les frontières.

Jésus paraît embarrassé, indécis comme chaque fois que l'on se sent seul à innover, seul à prendre une responsabilité à l'issue incertaine. Il garde d'abord le silence, puis il dit : « Non », comme à Cana d'ailleurs !

C'est donc que le désir n'est jamais connu totalement tout de suite, quotidiennement il évolue et par le fait même, il est souvent angoissant.

Oui. Ici Jésus est vraiment homme ; il découvre, au fur et à mesure des événements, des rencontres, au fur et à mesure des irruptions de son inconscient dans sa vie, il découvre sa voie, sa vocation, son désir.

Cette « Grecque », autrement dit cette païenne, révèle au Christ sa mission : « Ne peux-tu faire des miettes de miracles, des miettes de signes pour les chiens de païens » ?

Elle n'en demande pas trop, ce qui doit soulager Jésus !

Il me semble que cette parole de la femme touche Jésus, l'oriente, le suscite, le révèle à lui-même. Ces paroles font sans doute écho en lui à une préoccupation.

A ce moment-là, Jésus comprend qu'il peut s'occuper aussi des « autres », que sa mission est universelle.

A cause de la parole de cette femme, Jésus est libéré : il voit distinctement ce qu'il a à faire. Il découvre l'étendue des « affaires de son Père, de la maison de son Père ».

Seul au milieu de ses apôtres, seul hors de ses frontières, il est seul avec son avenir imprécis qu'il découvre au jour le jour.

A Cana, une femme le fait entrer dans la vie publique. Ici, en terre étrangère, une femme le fait entrer dans la vie universelle.

Le mouton et
la drachme perdus

Évangile selon Saint Luc
Chapitre XV — versets 1 à 10

Les collecteurs d'impôts et les pécheurs, tous s'approchaient de lui pour l'écouter. Les Pharisiens et les scribes murmuraient entre eux en disant : «Celui-ci fait bon accueil aux pécheurs et mange avec eux».

Il leur dit cette comparaison :

«Qui d'entre vous ayant 100 moutons, s'il en perd un, ne laisse pas les quatre-vingt-dix-neuf dans le désert et part après le perdu jusqu'à ce qu'il le trouve?

Et quand il l'a trouvé, joyeux, il le met sur ses épaules et, rentrant chez lui, il appelle ses amis et ses voisins, tous ensemble, leur disant : «Réjouissez-vous avec moi, parce que j'ai retrouvé mon mouton perdu.»

Je vous dis qu'il y aura tellement de joie dans le ciel pour un pécheur qui change de vie! Bien plus que pour quatre-vingt-dix-neuf hommes conformes aux lois, qui n'ont pas besoin de changement!»

«Quelle femme, ayant dix drachmes, si elle en perd une, ne prend une lampe et ne balaie la maison et ne cherche avec soin jusqu'à ce qu'elle trouve?

Et, quand elle a trouvé, elle appelle les amies et les voisines, toutes ensemble en leur disant : «Réjouissez-vous avec moi parce que j'ai retrouvé la drachme que j'avais perdue».

Comme cela, je vous le dis, il y a de la joie devant les anges de Dieu pour un pécheur qui change de vie».

Gérard Sévérin

Il est bizarre ce berger qui plante là ses quatre-vingt-dix-neuf moutons, dans le désert, pour aller chercher l'un d'eux qui s'est égaré.

Françoise Dolto

Ne croyez-vous pas que Jésus donne cet exemple pour expliquer son attitude aux Pharisiens qui s'offusquaient de ce qu'il mangeât avec des gens peu recommandables?

Vous savez que les Pharisiens vivaient selon les principes d'une loi écrite, la Thora (1) et aussi selon les commentaires faits autour de cette loi pour l'expliquer et, bien souvent, la compliquer. Ils incarnaient, croyaient-ils, la perfection et jugeaient sévèrement les «autres». Ils formaient un groupe religieux important. Souvent Jésus eut affaire à eux.

Ici, Jésus met en scène un berger à qui il manque un mouton. Ce berger ne pense plus qu'à ce mouton égaré. Son esprit n'est plus disponible. Il ne peut plus communiquer avec quiconque. Il est comme obsédé par la perte de ce mouton. Il ne peut que se mettre à sa recherche.

Mais il était donc si important pour lui cet animal? Peut-être faisait-il partie de lui-même, de son cœur, de son image aussi?

---

(1) Thora : Nom que les Juifs donnent au Pentateuque, ensemble de cinq livres attribués à Moïse : Genèse, Exode, Lévitique, Nombres, Deuteronome. La Thora est donc juridique, historique et révélatrice d'une libération.

Oui, de son image aussi : ce mouton parti provoque une faille dans son image de berger attentif.

Comment s'est-il laissé distraire? Comment a-t-il pu croire, sans méfiance, que son troupeau devait suivre le train-train habituel? Un mouton lui manque et cela lui pose un problème difficile. Il les compte, les recompte... C'est bien vrai, il y en a un qui manque.

Alors, ce berger se met en route, à la recherche de cet «objet perdu», comme on dirait dans le jargon psychanalytique.

Il pourrait sembler à certains que la démarche du berger est bien matérielle, voire infantile. C'est que Jésus nous montre un berger que nous avons du mal à imaginer. Nous voyons cet événement avec notre mentalité du XXe siècle et avec nos habitudes de consommateurs gavés! Pour nous, ce n'est pas si grave : un mouton au regard d'un troupeau!

Ce berger aime ses moutons qui représentent sa richesse bien sûr, mais aussi il aime son troupeau parce que ce troupeau c'est lui.

Ce dut être un choix difficile, voire insensé pour ce berger?

Oui, il a dû réfléchir, taraudé par l'inquiétude. Cet animal égaré court de grands risques et très rapidement mortels pour lui. Il a besoin d'herbe à brouter, d'eau à boire. Le berger aime toutes ses bêtes et plus attentivement encore, il s'occupe des petits, des brebis pleines, des malades. Et voilà que celui-là est en danger.

Dans le désert, le troupeau va suivant la piste qui mène vers l'oasis, guidé par son flair, par les chiens, par la clochette des plus futés, par le bêlement de ses compagnons. On va lentement, il y a des traînards mais on va vers l'étape. Pour le gros du troupeau, le berger, les enveloppant du regard, se sent tranquille. Mais cet imprudent, cet individualiste, impossible de l'abandonner aux conséquences funestes de son égarement! Sa décision est prise : il part à la recherche de celui qui s'est perdu et que guette une mort certaine.

Le retrouvera-t-il à temps ce volage qui, soustrait par lubie subite à la seule sécurité de ces animaux, l'instinct grégaire, peut devenir la proie des prédateurs qui le guettent ?

Il faut qu'il le retrouve, il le faut. Cela seul compte pour lui.

Dans cette parabole, il ne faut pas voir les moutons comme du bétail à tondre, du bétail à vendre. C'est la vie du berger qui est engagée. Il aime toutes les bêtes de son troupeau et pas seulement la richesse ni le profit qu'il en tire.

D'une certaine manière, il aimerait comme un père, comme une mère. S'ils perdent un enfant, ils ont l'impression de tout perdre.

Absolument. Chaque enfant est unique. C'est pourquoi le berger a pris cette décision. Plus il attendait, plus le mouton s'égarait. Et il est parti en quête de cet insupportable manque, de cet objet perdu, de cet absent, pour lui unique et précieux.

Il ne peut pas croire que cet animal est parti parce qu'il voulait mourir. Un animal qui veut mourir n'a qu'à tomber, ne plus avancer et alors le berger sait que la vie échappe à cet animal. Dans cette parabole, il s'agit d'une erreur du désir et non d'un désir de mort.

25

Si ce mouton qui suit ses pulsions, ses instincts, représente, dans l'Évangile, les pécheurs, peut-on penser que pécher c'est suivre ses pulsions, ses instincts? Ou bien que les pécheurs sont ceux qui ont des accidents psychiques?

Il y a des «pécheurs» par accident de la nature, par erreur. Ils sont de bonne volonté. Ils peuvent paraître pervers à certains pour qui la loi ne fait pas question et qui peuvent la suivre facilement.

Les «vertueux» voient des gens qui jurent, qui forniquent, qui volent : tous des pécheurs! Les pharisiens les stigmatisent d'après la Thora… Mais Jésus sait que parmi ces pécheurs, il y a des égarés. Ce ne sont pas des gens qui se dérobent exprès et délibérément à la loi de Moïse. Ils sont égarés et là où ils sont égarés, ils ne vont pas retrouver Dieu ni l'ordre de leur désir.

Les pharisiens, les «vertueux» redoutent ces «égarés». Ils ne veulent pas les côtoyer car ils ont peur d'être contaminés, de se laisser séduire par leur façon de vivre.

Il y a des gens qui vivent de leur désir comme des animaux, comme si leur désir était des besoins, des instincts, sans se référer à une loi. Les pharisiens les craignent comme s'ils allaient être entraînés par ces gens-là à ne plus obéir à la loi! Ils les fuient, les accablent de leur mépris.

La loi, pour ces pharisiens, est-elle vraiment intégrée? Ne la suivent-ils pas par peur du qu'en dira-t-on, par peur de Dieu, d'un Dieu vengeur et non par amour de Dieu?

Si c'était par amour de Dieu, ne feraient-ils pas comme Jésus : n'iraient-ils pas avec leurs frères pécheurs les contaminer de l'amour de Dieu, en même temps qu'ils les aimeraient, mangeraient avec eux, les entraîneraient par leur exemple?

Oui, cette manière d'être serait contagieuse. Les pécheurs diraient : « Ces gens-là sont formidables ! Ils aiment Dieu, ils agissent selon la loi, pourquoi ne ferions-nous pas cela, nous aussi ? »

Voilà ce que Jésus reproche aux Pharisiens de ne pas faire.

Mais ces gens-là que vous appelez pécheurs sont peut-être des blessés psychiques. S'ils sont négatifs à la loi, c'est parce qu'ils ont peut-être eu une enfance qui les a brisés. Pourquoi dire qu'ils sont pécheurs, ce qui implique un jugement moral ? Ils ont une structure mentale de tel type... C'est leur condition humaine.

Je suis d'accord avec vous.

Dans ce sens, je dirais que les pharisiens se sentent fragiles, psychologiquement fragiles. Autour d'eux, s'il y a des gens qui ont une structure perverse, ces pharisiens ne seraient pas du tout de taille à les sortir de leurs dispositions perverses, ils y perdraient leur vie et ne pourraient plus faire face à leur propre responsabilités, tandis que les autres ne changeraient pas du tout ! Et puis, personne ne leur demande rien !

Si être pécheur, c'est une infirmité psychique. Si c'est être comme aveugle ou manchot, si c'est congénital, ce n'est pas du domaine moral et donc ça ne relève pas d'une responsabilité. On étiquette : pécheur, comme on dit en psychiatrie : obsessionnel ou hystérique.

Encore une fois, je suis d'accord avec ce que vous dites. Et pourtant...

Peut-être suis-je prisonnière d'une manière de voir ou

d'une manière d'être mais je ne puis m'empêcher de sentir qu'aucun individu ne fonctionne d'une manière mécanique et totalement déterministe. Il me semble que mon expérience de psychanalyste me montre que tous les phénomènes de la vie psychique ne peuvent être ramenés à une combinaison de mouvements psychiques ou physiques subis, bien que nous ne sachions pas la part de liberté qui anime chacun.

Quelque part, en nous, existe une potentialité de décision, un embryon de décision, parfois. Mais qu'en savons-nous ? Il est certain que le crépusculaire envahit une telle portion de notre conscient !

Quand je lis l'Évangile, je rencontre sans cesse Jésus qui fait appel à cette décision, à notre responsabilité, à notre vigilance à l'égard de nos propres instincts.

Quand une pulsion partielle se détache, notre responsabilité de l'ensemble ne doit-elle pas s'en inquiéter ? En effet, nous savons que l'ensemble de nos pulsions doit rester lié à l'intelligence de notre existence et aller ainsi, contribuant au tout de notre vie.

Mais il peut y avoir une pulsion partielle qui se dévoie, qui se détache, il faut alors que, restant éveillés au sens de notre désir d'homme, ou de femme, responsables de notre totalité d'être, nous y veillions et la ramenions à toutes les autres, avec l'aide acceptée d'un plus fort que nous.

C'est pourquoi je pense que nous n'avons pas à comprendre le mouton égaré comme un individu humain : c'est le troupeau tout entier qui est un individu humain dont le berger est la tête pensante et le cœur aimant. Et Jésus qui est la conscience divine de cet individu humain ne peut pas laisser-aller vers sa perte une seule de ces pulsions partielles. Il doit les faire aller, non pas grégairement, mais unies vers l'oasis qui va être la paix totale de l'être.

Avez-vous un exemple de pulsion partielle qui, s'égarant, met en péril l'unité, voire la vie de l'individu?

Oui, l'alcoolisme. Nous savons bien que ceux qui succombent à un mouvement de dépression, qui perdent l'espoir, se consolent parfois en régressant vers le plaisir du boire qui fait triompher la rêverie dans leur imaginaire, comme lorsqu'ils étaient tout petits et que leur mère les avait en charge. Leurrés par cet apaisement factice, ils s'arrêtent alors d'aller de l'avant vers la vie et de se prendre en charge. Entrés dans ce processus, angoisse, dépression, boisson, leur sentiment de solitude oublié dans la rêverie, ils croient avoir trouvé la solution à leur épreuve mais l'alcool les intoxique, annihile leur volonté et détruit leur corps.

Nous pouvons ainsi nous laisser entraîner par la boisson ou la drogue jusqu'à la mort de notre individu tout entier. Toutes nos autres valeurs pulsionnelles et désirantes sont alors en détresse parce qu'une seule de nos pulsions nous a entraînés, corps, sentiments et intelligence, vers la régression et vers la mort.

Et maintenant, si, en lisant cette parabole, nous nous identifions au mouton qui s'en va seul, comme vous dites de le faire (1)..., ne se dit-il pas : «Je suis libre, pourquoi le maître vient-il me chercher? J'ai bien le droit de m'en aller où je veux».

Soit, vous préférez cette interprétation-là...

S'en aller où l'on veut... Bien sûr... si c'est la vie. Mais le berger savait que son mouton allait vers la mort en désirant vivre.

---

(1) L'Évangile au risque de la psychanalyse, tome I — F. Dolto et G. Séverin — Éditions Jean-Pierre Delarge — pages 75 et suivantes.

C'est vrai qu'il y a des façons marginales de poursuivre son désir, si ce désir mène à la vie qui, chez l'humain, est désir de communication.

En nous identifiant au mouton, nous croyons, comme lui que nous n'allons pas n'importe où, même si nous pouvons être égarés sur le sens de notre désir : nous pensons chercher une herbe rare...!

Il est vrai qu'à certains moments, on ne sait plus où on en est. Pour l'entourage, l'orientation de notre vie peut apparaître aberrante. C'est vrai. Pour nous aussi... parfois on craint de se fourvoyer. Tantôt on s'égare effectivement, tantôt on cherche... Pourquoi? Parce que notre désir est inédit, unique. Il pose question, angoisse parfois ou scandalise.

Il ne s'agit pas d'agacer pour agacer ou de scandaliser pour scandaliser mais «ça» scandalise parce que nous vivons selon ce que nous croyons être notre désir ou notre «vocation». Alors, ça dérange car, comme le dit Brassens :

«Les braves gens n'aiment pas que
l'on suive une autre route qu'eux».

Scandaliser pour scandaliser, c'est s'arrêter à se regarder soi en train de faire impression sur l'autre. C'est s'arrêter à une image de soi.

Mais justement ici, le mouton perdu se met hors des conditions où vivre son... «désir», pourrait-on dire. Voilà un mouton qui se met en marche en dehors du troupeau, il ne veut pas être «moutonnier»... Mais son berger ne supporte pas son départ, il va le rechercher et le rapporte sur ses épaules, sûr qu'il ne lui échappera pas, pourrait-on dire.

Là, vous faites de l'anthropomorphisme..., vous attribuez à ce mouton des sentiments humains!

Mais il y a quelque chose de vrai dans ce que vous dites. Combien de gens veulent faire rentrer dans le rang ceux qui ne vivent pas comme eux, qui s'écartent des sentiers battus, qui innovent, qui guident leur vie sur d'autres valeurs que les leurs.

Si, vraiment, ce mouton veut vivre sa vie, vivre son désir d'être en dehors du troupeau, eh bien, il recommencera une autre fugue! Plusieurs! Jusqu'à faire comprendre au berger qu'il a affaire à un irréductible, à un mouton suicidaire, à un mouton enragé... mais celui-là était heureux d'avoir été sauvé, sinon l'histoire le dirait.

Mais pourquoi Jésus insiste-t-il sur le fait que ce berger invite ses amis à se réjouir avec lui? Est-ce parce qu'il est communicatif ou exubérant, ce berger?

C'est la réalité que Jésus décrit. L'objet de sa quête retrouvé, le berger peut enfin communiquer avec les autres. Avec ses voisins et ses amis, il éclate de joie. Et tous, avec lui, de sa joie se réjouissent. C'est la fête!

Pourquoi? Parce que la joie, c'est de retrouver la cohésion de tout notre être, l'unité — même passagère — autour du noyau de notre désir. Et ce désir est une évolution de toute notre personne qui cherche la joie dans la paix de tout l'être et non pas la satisfaction d'un plaisir partiel.

Cette joie dépasse le plaisir d'avoir un mouton retrouvé... Il laisse alors déborder sa joie après l'angoisse et l'inquiétude.

Pourquoi faut-il partager cette joie? Ne peut-on la garder pour en jouir seul?

L'homme est essentiellement un être de langage. Son désir essentiel est la communication. Quand une pulsion, quand une partie de lui se détache de son désir, de sa direction de vie, il est seul, il ne peut plus communiquer, il vit dans la solitude une idée obsédante ou la recherche d'un plaisir partiel, pour lui seul.

Aussitôt que nous avons retrouvé la cohésion de notre être tout entier, notre vitalité complète, nous débordons, nous rayonnons. Je dirais que nous rayonnons malgré nous car, entiers, nous sommes des êtres de communication, alors forcément, nous sommes ouverts aux autres, nous sommes communicatifs!

Quand on guérit, on peut partager pleinement. Ce berger est guéri d'une idée obsédante qui l'attirait ailleurs. Ce mouton qui s'égare symbolise un désir partiel excentrique qui menace l'unité de l'individu. Dès qu'il réintègre le troupeau des pulsions que nous sommes, voilà notre être regroupé. Il peut alors marcher vers son devenir.

Être joyeux, seul, vous semble être une contrefaçon?

Mais oui. Au lieu d'être un courant qui passe de l'un à l'autre, cette joie pour soi seul se transforme en usage solitaire, en plaisir solitaire. De source, elle devient étang. De communion, elle devient consommation. Tout ce qui est vivant circule. Tout ce qui stagne n'est plus vivant.

J'imagine qu'avec la drachme, c'est le même thème qui est repris?

C'est le même thème qui est repris mais il n'est pas tout

à fait le même que celui du mouton égaré. Il s'agit ici d'une chose : une pièce de monnaie.

C'est un avoir, un pouvoir d'achat pour cette femme qui n'est pas riche. Pour un riche, ce n'est pas la ruine que de perdre une drachme. Jésus prend en exemple une femme pour qui une telle perte est importante.

Il nous montre toute la peine qu'elle se donne : elle allume une lampe, balaie toute sa maison... elle ne perd pas de temps à se demander si on la lui a volée, cette petite fortune... Elle cherche. Elle s'active. Elle ne reste pas les deux pieds dans le même sabot à gémir ni à ameuter les voisins.

Depuis le moment où elle s'est aperçue qu'une de ses drachmes avait disparu, elle est, elle aussi, comme le berger, sortie de sa communauté, sortie de son voisinage à cause de son angoisse et de cette idée obsédante : «J'ai perdu une drachme».

Quand elle a retrouvé son argent, elle est guérie, elle communique à nouveau avec les autres. Elle est heureuse et toutes les pauvres, ses voisines, sont heureuses avec elle, parce qu'elles se sont identifiées (1) à elle et ont vu combien elle était dans la peine. Maintenant, elle est dans la joie. Elle rayonne à nouveau sa joie, son unité.

Jésus montre donc dans cette parabole que, si nous sommes dans la peine, nous devons tout faire pour en sortir par nous-mêmes et, si nous sommes dans la joie, nous devons la rayonner.

Par ces petits exemples, Jésus nous montre que, où que nous soyons, qui que nous soyons, quel que soit le manque

_____

(1) *L'Évangile au risque de la psychanalyse, tome I*, p. 158-159.

qui nous étreint, nous avons à retrouver notre cohésion. Celle-ci retrouvée, l'objet perdu réintégré, notre joie rayonne.

Mais la peine aussi ne se communique-t-elle pas?

Non, si un espoir demeure de s'en sortir par soi-même elle ne se communique pas. Elle se vit tellement profondément que d'autres ne peuvent s'en apercevoir que s'ils sont attentifs ou charitables.

Le berger, qui avait perdu son mouton, était dans la peine. Il a tout fait pour retrouver son mouton. La femme était dans la peine, elle a tout fait pour retrouver sa drachme. Jésus nous montre que, lorsque nous sommes dans un état de manque profond, nous mettons toute notre énergie pour nous en sortir.

Si nous communiquons notre peine avant d'avoir fait tout ce que nous pouvions faire pour nous en sortir, je crois qu'à ce moment-là, nous ne nous conduisons pas comme des êtres humains, de nous-mêmes comptables.

Ce sont en fait des paraboles concernant le sens de la responsabilité?

Oui, on reproche à Jésus d'aller manger avec des pécheurs et de les fréquenter. Que fait-il? Il invite ceux qui l'écoutent, pécheurs et pharisiens, à se prendre en main, tant pour eux que par solidarité humaine.

La maison de cette femme devait être en désordre... pour perdre ainsi le dixième de sa fortune! Jésus donne en exemple cette femme qui fait le ménage, retrouve une maison bien tenue et ce qu'elle avait perdu. Cette maison ordonnée avec effort et travail, c'est nous-mêmes. Voilà ce que dit Jésus à ses auditeurs.

Elle aurait pu demander aux voisines de venir balayer avec elle pour l'aider à retrouver sa pièce, elle aurait pu gémir, pleurer...; c'eût été aussi une manière de communiquer.

C'eût été une autre parabole. Par celle-ci, Jésus répond aux gens qui lui reprochent de fréquenter les pécheurs. Pourquoi ne faites-vous pas de même ? Quelle joie serait la vôtre si vous étiez joyeux avec quelqu'un qui change de vie et ainsi la retrouve !

D'accord, mais il n'y a pas que la joie qui se communique, la peine aussi.

La peine et l'angoisse peuvent être communiquées mais ce n'est pas spécifiquement humain. Bien sûr, quand il y a détresse et que nous sommes détruits par la douleur, il nous faut une aide. Mais la peine, l'angoisse, la peur... qui sont partagées, contaminent les autres et alors peut s'instaurer un désordre généralisé. Il n'y a que la joie, l'amour qui soient constructifs.

Vous savez combien le cheval est un être craintif, ombrageux. Quand dans un troupeau, un cheval est effrayé, tous les autres le sont aussi. Il y a une communication magnétique, animale de la peur. Cette communication n'a rien de constructif, de même la contagion émotionnelle de notre douleur ou de notre angoisse à moins de rencontrer un Samaritain secourable qui nous relève et nous invite à retrouver notre dynamique.

La Samaritaine

Évangile selon Saint Jean
Chapitre IV - versets 1 à 42

Lorsque Jésus apprit que les pharisiens avaient entendu dire qu'il faisait plus de disciples et baptisait plus que Jean — toutefois Jésus ne baptisait pas lui-même mais ses disciples —, il quitta la Judée et s'en vint à nouveau vers la Galilée. Il lui fallait donc traverser la Samarie.

Il arriva en vue d'une ville de Samarie appelée Sykar, proche de la terre que Jacob donna à son fils Joseph. C'est là qu'il y a toujours la source de Jacob.

Jésus donc, rompu de fatigue d'avoir marché, s'assit alors près de la source. Il était environ midi.

Une femme de Samarie arrive pour puiser de l'eau. Jésus lui dit :

— «Donne-moi à boire», parce que ses disciples étaient partis à la ville acheter de quoi manger.

Alors la femme, la Samaritaine, lui dit :

— «Quoi..., toi, un Juif, tu demandes à boire, à moi, une femme, Samaritaine!»

37

Jésus répondit : «Si tu avais une idée du don de Dieu et de celui qui te dit : «donne-moi à boire», c'est toi qui lui aurais demandé et il t'aurait donné de l'eau vive.»

Elle lui dit : «Seigneur, tu n'as même pas de seau et le puits est profond. D'où l'as-tu donc cette fameuse eau vive? Es-tu plus grand que notre Père Jacob qui nous a donné ce puits et qui y a bu ainsi que ses fils et ses troupeaux?

Jésus lui répondit : «N'importe qui buvant de cette eau-ci aura encore soif mais celui qui aura bu l'eau que moi je lui donnerai, n'aura plus soif, pour toujours; mieux, l'eau que je lui donnerai deviendra en lui une source d'eau bondissante vers une vie sans fin.»

La femme lui dit : «Seigneur, donne-moi cette eau que je n'aie plus soif et que je n'aie plus à venir jusqu'ici puiser.»

Il lui dit : «Va discrètement appeler ton mari et reviens ici.»

La femme lui répondit : «Je n'ai pas de mari.»

Jésus lui dit : «Tu as raison de dire : «je n'ai pas de mari». En effet, tu as eu cinq maris et celui que tu as maintenant n'est pas ton mari; là, tu as parlé franchement.»

La femme lui dit : «Seigneur, je vois que tu es un prophète. Nos pères se sont prosternés sur cette montagne et vous, vous dites que c'est Jérusalem, le lieu où il faut se prosterner.»

Jésus lui dit : «Crois-moi, femme, arrive l'heure où ni sur cette montagne ni à Jérusalem, vous ne vous prosternerez devant le Père. Vous, vous adorez ce que vous ne connaissez pas; nous, nous adorons ce que nous connaissons : le salut vient des Juifs.

Mais vient l'heure, et elle est déjà là, où tous les vrais adorateurs se prosterneront devant le Père en esprit et en vérité. C'est bien de tels adorateurs que cherche le Père.

Dieu est esprit et ceux qui l'adorent doivent l'adorer en esprit et en vérité.»

La femme lui dit : «Je sais qu'un Messie arrive, celui

qu'on appelle Christ. Quand il viendra, il nous redira tout d'une manière neuve.»

Jésus lui dit : «Je le suis, moi qui te parle.»

Là-dessus arrivent ses disciples. Ils étaient étonnés de ce qu'il parlât avec une femme mais personne ne lui disait : «Que cherches-tu?» ou «Pourquoi parles-tu avec elle?»

Alors, la femme laissa son vase, partît à la ville pour dire aux gens : «Venez voir un homme qui m'a dit tout ce que j'ai fait. Ne serait-il pas le Christ?»

Ils sortirent de la ville et vinrent vers lui. Pendant ce temps, les disciples le pressaient : «Rabbi, mange.»

Il leur dit : «Moi, j'ai à manger une nourriture que vous ne connaissez pas.»

Sur quoi les disciples se dirent entre eux : « Quelqu'un ne lui aurait-il pas apporté à manger ? »

Jésus leur dit : «Ma nourriture, c'est que je fasse la volonté de celui qui m'a envoyé et que j'accomplisse son œuvre.

Ne dites-vous pas vous-mêmes : «Encore quatre mois et arrive la moisson?» Eh bien moi je vous dis : «Levez les yeux et admirez les champs : ils sont blonds pour la moisson. Déjà le moissonneur reçoit un salaire et amasse du fruit pour une vie sans fin; ainsi celui qui sème et celui qui récolte se réjouissent ensemble.

Pourtant le proverbe est vrai : «Autre est le semeur, autre le moissonneur.» Moi je vous ai envoyés récolter ce qui ne vous a pas coûté de peine. D'autres se sont éreintés de fatigue et vous, vous avez profité de leur fatigue.»

Beaucoup de Samaritains de cette ville crurent en lui à cause de la parole de la femme qui attestait : «il m'a dit tout ce que j'ai fait.»

Aussi, quand ils furent près de lui, les Samaritains le prièrent de rester chez eux. Il y resta deux jours.

En bien plus grand nombre ils crurent alors à cause de sa parole et disaient à la femme : «Ce n'est plus à cause de tes dires que nous croyons. Nous l'avons entendu et nous avons vu que c'est lui qui est vraiment le Sauveur du monde».

Gérard Sévérin

Ce qui me frappe en traduisant ce texte, c'est que je découvre :
— deux baptêmes : celui de Jean le Baptiste et des disciples de Jésus et... celui de Jésus.
— deux mots différents pour désigner un même point d'eau : tantôt c'est une source, tantôt c'est un puits (1).
— deux sortes d'eau : l'eau de la Samaritaine, eau matérielle et stagnante (2) et celle du Christ qui est une eau vive.
— deux manières d'adorer : en Samarie et à Jérusalem et celle du Christ, «en esprit et en vérité».
— deux sortes de nourriture : celle des apôtres et celle du Christ qui est de faire la volonté du Père.

Françoise Dolto

Bien sûr... On part d'un plan pour en rejoindre un autre. Jésus entraîne sur un autre plan ceux qui le rencontrent. Il transforme le puits de la Samaritaine en source d'eau bouillonnante pour toute la vie... sans fin.

Mais le lieu où il fait cette rencontre, l'heure à laquelle il a ce rendez-vous imprévu, sont significatifs.

C'est la terre de Jacob, l'endroit où le patriarche a trouvé une source, y a bu, lui, sa famille et ses troupeaux. Puis l'a donnée aux habitants qui l'ont nommé «puits de Jacob». Jean l'appelle «source de Jacob» car c'est un lieu où le peuple juif a reçu vie par Jacob.

---

(1) Verset 6 : source = πηγη.
Verset 12 : puits = φρεαρ.
(2) Verset 7 : αντλεω : puiser de l'eau qui s'amasse ou de l'eau croupissante, jamais de l'eau jaillissante.

C'est un lieu « historique » qui relie les personnages de cette scène à toute l'histoire du peuple juif.

Jean note aussi que c'est l'heure de midi, c'est-à-dire que le soleil est à son zénith. Il n'y a pas d'ombre.

Jésus est donc dans un axe : les pieds sur la terre historique des ancêtres et la tête avec le soleil à son zénith. Image à la fois de la vie charnelle et de la vie spirituelle.

Le soleil de Dieu donne verticalement sur la source de Jacob. C'est la rencontre entre le ciel et la terre sans ombre. C'est le lieu ombilical de la naissance du peuple juif. Aujourd'hui, ce n'est plus Jacob mais Jésus. Avec les patriarches et Jacob, c'était la naissance ; avec Jésus, c'est la renaissance.

N'oubliez-vous pas que cet événement se déroule en Samarie ? Vous savez que les Samaritains s'étaient séparés des Juifs parce que ceux-ci étaient trop rigoristes, trop intransigeants. Devenus schismatiques, les Samaritains nourrissaient une opposition implacable à l'égard des Juifs que le leur rendaient bien ! Pas de contacts, pas de mariages...

Justement, si Jésus vient sur ce lieu historique et géographique, c'est bien pour montrer que si le salut vient de ce peuple à l'ombilic duquel il se trouve au point de vue cosmique, il n'y a plus maintenant de référence géographique.

Loin des rites de Samarie ou de Jérusalem, loin de la terre des ancêtres, le Père nous cherche. Le désir de ce Père est que nous le rencontrions en « esprit et en vérité » et pas seulement avec nos corps dans l'espace d'un pays ou d'une terre... On part d'un plan pour en rejoindre un autre.

Vous voulez dire qu'en ce lieu, autour de cette source, il y a croisement entre les plans espace et temps ? On pense être en

Samarie et voilà qu'il nous emmène ailleurs. On pense que le soleil est au zénith et c'est d'un « autre soleil » qu'il s'agit ?

Mais certainement. Regardez encore, dans cet épisode, Jean nous montre deux façons de boire.

Jésus dit à la Samaritaine : « Donne-moi à boire... de l'eau matérielle. » Comme elle fait des discours au lieu de lui donner à boire, il lui dit : « Si tu avais une idée de ce que, moi, je pourrais t'apporter à boire, en même temps que, toi, tu me donnerais à boire ! »

Il n'a rien à donner, c'est-à-dire aucune boisson matérielle à offrir ! Mais il lui demande de lui donner cette eau matérielle à boire pour qu'il puisse lui apporter dans un même mouvement cet eau de vérité et d'esprit.

Comme vous dites, Jésus nous instruit à tout entendre sur deux plans différents : le plan de l'espace-temps, tel que nous le connaissons par nos sens et par la biologie et les sciences, et le plan d'un « ailleurs-espace » et d'un « ailleurs-temps ». Oui, il y a une vie du désir inconnue de la vie des besoins.

Ceci est votre interprétation de ce passage d'évangile. Il n'est dit nulle part : « Si tu me donnes de l'eau, dans le même mouvement, je te donne une autre eau. »

Mais si, au contraire. Saint Jean nous situe, tout au long de ce passage, dans un va-et-vient incessant entre notre monde et un ailleurs. Mieux, ce monde et cet « ailleurs », il les montre simultanés.

Ainsi, quand les apôtres lui apportent à manger, Jésus leur dit à peu près ceci : « Ce sont les autres qui se sont donnés la peine de cultiver cette nourriture, de la transformer et vous, vous n'avez qu'à la consommer. Vous consommez les choses élaborées par d'autres qui se sont éreintés de fatigue et vous, vous avez profité de leur fatigue. Quant à moi, ma nourriture, c'est que je fasse la volonté de celui qui m'a envoyé... Je suis en train de consommer une nourriture qui est future, d'un autre temps. Je suis déjà dans un autre temps. »

C'est ainsi que vous expliquez la phrase : «Encore quatre mois et arrive la moisson... Je vous dis, levez les yeux, les champs sont blonds pour la moisson....»

Oui. S'il y a encore quatre mois, ce n'est pas encore la moisson ! Jésus télescope le temps de la terre et son temps à lui. Il montre que ces deux temps sont coexistants. «Je suis comme le blé qui n'est pas encore moissonnable puisqu'il est ou encore en dessous de la terre ou encore de l'herbe et qu'on ne voit pas. Et pourtant, je suis déjà nourri par la récolte de toute cette moisson.»

Il est comme ravi ailleurs. Quand les apôtres sont partis en ville, Jésus harassé de fatigue avait soif et faim. Mais cette femme d'avoir compris sa mission lui a donné tant de joie, et elle a si bien désaltéré son désir de faire connaître le Père que Jésus est comblé.

Il se réjouit du rayonnement de la vérité et de l'esprit contenu dans la «nouvelle» qu'il apporte et qui se répand par cette Samaritaine et qui va éveiller des gens à une vérité inconnue mais déjà présente dans le judaïsme. La «vérité» des rites ne les avait pas contaminés.

Il montre ainsi dans sa personne que coïncident et la terre et le ciel, et la source et le soleil à son zénith. Il est Jacob re-présenté et le Messie qui arrive. En lui, semeur et moissonneur se réjouissent ensemble. Le temps et l'«ailleurs» sont conjoints dans sa présence.

Ce qui m'étonne aussi, c'est la continuité et en même temps le clivage, la séparation, la rupture qu'instaure Jésus entre ces plans dont vous parlez.

Ici, par exemple, Jean montre que Jésus se sépare d'un baptême, quitte une région, quitte tout un monde et apporte maintenant tout autre chose, à savoir une eau vive qui étanchera la soif et deviendra une source bondissante en chacun. Cette «eau» va remplacer l'eau stagnante du puits, et va succéder aux rites de Samarie et de Jérusalem.

Au lieu de plonger les gens dans l'eau, dans les «eaux», Jésus propose une autre attitude qui est le contraire des rites d'involution, de retour aux eaux primitives.

Au lieu d'eaux amniotiques dont le baptême des disciples et de Jean Baptiste est une image (tout comme l'«eau» du baptême de la «mère-église» qui fait «naître» les chrétiens), avec Jésus, l'eau de la «source» de Jacob est bondissante. C'est un élan spermatique, je veux dire fécondateur de ce qui est en nous stagnant, comme l'ovule au fond des voies génitales, en attente, d'être fécondé.

Le peuple juif attendait depuis des siècles d'être fécondé.

Avec son baptême donc, ce n'est pas une invagination, un retour symbolique dans l'utérus et ses eaux mais une sortie, un torrent. Baptiser quelqu'un, est-ce pour vous le mettre dans une dynamique?

«Allez, baptisez au nom du Père, du Fils et du Saint-

Esprit» ne veut pas dire qu'il faut se «plonger» dans l'eau (1) pour être de la «famille» : ceci est encore de l'ancien rite, comme à Jérusalem ou en Samarie ou comme faisait Jean-Baptiste. «Baptiser» veut dire que nous avons à vivre «en esprit et en vérité», dans un élan de vitalité, d'entrain, de communication, dans un flux d'amour tel celui qui circule entre les trois personnes de la Trinité.

La Samaritaine a bien compris de quelle «eau» il s'agissait et quand elle en demande, Jésus la renvoie à son mari! Elle répond: «Je n'ai pas de mari», je suis libre!

Alors Jésus, chaste, lui fait découvrir, comme je viens de le dire, la métaphore de cette eau qu'il propose à partir de sa vie sexuelle à elle.

Mais ici, qu'est-ce qu'être chaste pour Jésus?

Cette Samaritaine fait un «transfert» sur Jésus... Elle est séduite par cet homme. Jésus lui répond : «Non, pas avec

---

(1) Évangile de Jean : Chapitre III — versets 4 à 6. Nicodème dit à Jésus : «Comment un homme pourrait-il naître s'il est vieux? Pourrait-il entrer dans le ventre de sa mère une seconde fois?» Jésus répond : «Vraiment, je te le dis, personne s'il ne naît d'eau et d'esprit, ne peut entrer dans le royaume de Dieu. Ce qui est né chair est chair. Ce qui est né de l'esprit est esprit».

Jésus oppose les paroles de Nicodème, qui sont «chair», qui sont humaines et les siennes qui sont «esprit». Dans le balancement de cette opposition, le mot «eau» est de trop. A-t-il été rajouté? Il manque dans de nombreux manuscrits.

moi. Va chercher ton mari...» Car Jésus ne veut pas initier cette femme à une vie spirituelle si elle confond vie sexuelle et vie spirituelle.

En effet, une femme qui ressent un désir génital ne sait pas si en amour elle aventure son désir génital ou son désir spirituel. C'est ainsi. C'est pourquoi Jésus lui dit : «Pour le corps, pour l'affectif de ta vie quotidienne, il te faut un homme qui ne sera pas moi. Même si d'une manière fulgurante tu es amoureuse de moi, je ne peux te satisfaire sur ce plan. C'est ton mari qui le pourra. Moi, c'est la vie spirituelle que j'apporte.»

Être chaste, pour Jésus, consiste à ne pas répondre au désir génital charnel de cette femme amoureuse de lui, et ainsi la faire accéder à une vie autre.

Elle découvre que jamais cette vie sexuelle ne l'a comblée car au creux de celle-ci, il y a un manque, mais de ce manque, elle ne veut rien savoir.

Et pourtant, c'est de ce manque, qui la rend différente de l'homme, que sourd son désir qui lui fait chercher d'homme en homme plaisir et sécurité. Jésus lui révèle qu'au-delà du plaisir, toujours confondu avec un besoin, son désir reste insatisfait, parce qu'elle ne mise pas sur l'amour.

Par ailleurs ce qui me frappe encore, c'est le ton sur lequel parle cette femme de Samarie. Elle apparaît comme une aguicheuse qui glisse sa coquetterie dans la raillerie traditionnelle : «Quoi, toi, un Juif, tu demandes à boire, à moi, une femme, Samaritaine!»

Si elle est provocante, c'est parce qu'elle n'a rencontré les hommes que sur le terrain de la séduction et de la complicité. Ces hommes de rencontre lui ont offert leurs attraits, ou , sous prétexte de lui demander un service, espéraient autre chose. Jésus lui demande à boire, elle croit à une autre demande... Captive de ses propres pièges, elle cherche tout de suite à lui proposer autre chose. Elle se propose tout entière.

Jésus ne la blâme pas. Par phases successives, il va l'aider à découvrir la vérité de son désir. Il va la suivre dans ses échappatoires : «Tu n'as pas d'eau — Donne-moi de cette eau que je n'aie plus à venir ici — Où faut-il adorer Dieu»?

Pourquoi ces échappatoires?

Parce que, comme nous tous, elle cherche à ne rien savoir de la déformation ou de l'ankylose de son désir.

Tous, quand nous cherchons ce qui nous manque, nous cherchons en même temps la sécurité, c'est-à-dire une répétition de ce que nous connaissons.

Une répétition du plaisir...

Une répétition du plaisir connu, et nous le cherchons d'objet en objet, comme cette femme, de rencontre en rencontre.

Nous ne savons pas nous risquer dans notre désir à nous donner complètement. C'est cela que Jésus tente de nous enseigner : ne plus avoir peur. «Ne craignez rien de votre désir. N'ayez pas peur de risquer tout, même la mort.» Lui, ne l'a pas crainte.

Pour vous, est-ce qu'il y a des désirs qui ne sont pas tournés vers Dieu?

Je crois qu'ils sont tous tournés vers Dieu si nous ne nous arrêtons pas. Souvent, quand nous disons «désir», nous pensons «désir partiel» (1).

Justement, toute cette histoire commence par l'expression d'un désir partiel, ou plus exactement d'un besoin : Jésus demande à boire.

A cette femme qui est venue si souvent étancher sa soif à ce puits, Jésus fait une demande. Il lui parle, en effet, de son besoin. Mais parce qu'il est chaste, Jésus peut l'attirer plus loin que son propre corps, plus loin que le bouillonnement de son corps. Il est source, origine d'une eau bondissante pour une vie sans fin. Elle s'est arrêtée aux besoins physiques de son corps, Jésus veut l'entraîner plus loin.

Mais le besoin chez l'homme n'est jamais pur besoin. Il véhicule autre chose. Par exemple, si nous avons besoin de manger, avec ce besoin de nourriture, nous attendons autre chose aussi, un peu de gastronomie ou un sourire ou une conversation, une rencontre. Nous désirons plus que satisfaire simplement un besoin.
Cette femme, avec ses besoins physiques comme vous dites, attendait sans doute autre chose.

Jésus montre que si nous pensons nous arrêter à notre corps et à son plaisir, jamais nous ne parviendrons à être ravis à la dimension à laquelle notre être est appelé.

Jésus n'a pas comblée cette femme selon sa demande, il l'a questionnée dans un lieu inconnu d'elle. Si Jésus l'avait

---

(1) *L'Évangile au risque de la psychanalyse*, p. 77, note 1.

comblée, elle serait là, passive. Questionnée, elle est transportée ailleurs.

C'est en cherchant avec notre corps et en compagnie des autres que nous allons découvrir que nous sommes habités, non seulement par des besoins, mais aussi par le désir qui nous attire bien au-delà de ce que peut atteindre le corps, un désir qui, au-delà des sens, en appelle encore à une autre communication.

Cette femme va découvrir que le désir est sans cesse jaillissant de rebondissements en rebondissements. Le désir qui nous point est souvent surprenant.

Jésus amène cette femme a découvrir qu'au-delà de tous les hommes avec qui elle cherchait à apaiser sa soif, au-delà de ses besoins de sécurité, de ses désirs charnels, elle cherchait autre chose. Davantage qu'en ses amants, elle trouve en Jésus quelqu'un qui la comble.

Ses amants la complétaient sur le plan physique. Elle les «consommait». Jésus l'enchante par une autre communication : un échange inter-psychique. Il l'amènera à découvrir le vide qui est dans sa vie : jamais sa vie ne sera comblée par la consommation d'hommes ou de travail ou d'affairisme, etc..., en un mot, par la satisfaction de ses besoins et par le ressenti du plaisir.

Ce qui manque encore quand le besoin est comblé, c'est le désir. Ce qui manque encore quand le désir est comblé, c'est la joie. L'amour, parce qu'il est liberté, apporte à la joie ce qui ne doit jamais lui manquer.

Mais la nouvelle relation qu'institue Jésus n'est pas seulement inter-psychique. C'est surtout spirituel : «Si tu avais une idée du don de Dieu... Dieu cherche des adorateurs en esprit et en vérité», etc.

C'est vrai, le psychique ne recouvre pas tout le spirituel. Mais voyez comment agit Jésus. Il part de la vie quotidienne, charnelle, matérielle, imaginative aussi, de cette Samaritaine. Il lui fait des confidences : il dit ce qu'il peut lui donner, il lui révèle qui il est. Il lui parle aussi de ses amours à elle. Il ne craint pas de braver le qu'en-dira-t-on de ses disciples pour s'entretenir avec elle. Ce faisant, il lui révèle qu'il n'est semblable à aucun de ceux qu'elle a rencontrés. Elle ne sait pas encore qui il est, elle suppose qu'il doit être le Christ pour parler de cette sorte.

Cette femme trouve ainsi dans la parole de Jésus ce qu'elle avait sans doute cherché en vain avec persévérance et espoir dans le corps à corps avec des hommes.

Par sa parole, Jésus lui fait découvrir la joie au-delà de la jouissance, sa valeur au-delà de sa beauté, sa dignité au-delà de sa séduction.

Jean note qu'elle laisse son «vase» et s'en va à la ville. Pourquoi ne parle-t-il plus de cruche? (1) Pourquoi note-t-il ce détail? Serait-ce pour faire vrai?

Peut-être que Jean veut attirer notre attention sur un aspect de la féminité de cette femme, symbolisé par ce vase.

Elle laisse son vase pour aller dire en ville : «Venez voir un homme qui m'a dit tout ce que j'ai fait.» En fait, le Christ ne lui a pas dit tout ce qu'elle a fait mais il lui a parlé de ses amours étroites et volages qui faisaient toute sa vie.

Elle lâche cette forme restreinte de son existence. Son désir de femme, maintenant conjoint à elle, cette Samaritaine

---

(1) Verset 11 : cruche = αντλημα.
Verset 28 : vase = υδρια.

se sent, non plus objet sexuel, «vase» collecteur mais personne humaine capable de parler, d'être joyeuse et de faire partager sa joie aux autres.

Ce qui est quand même curieux, et j'y reviens, c'est la façon dont elle parle quand elle dit : «Il m'a dit tout ce que j'ai fait.» Elle emploie le verbe «faire»; or, le verbe faire exprime ce que nous exécutons avec nos mains. Elle a «eu» cinq maris comme nous avons cinq doigts : elle «prenait» les hommes, comme avec la main on prend des objets.

C'est pourquoi elle s'en va, criant : «Il m'a dit tout ce que j'ai fait». Cette phrase dit comment Jésus l'a suffoquée en lui révélant sa «consommation» d'hommes. Elle rayonne alors de sa trouvaille et veut amener tout le village à Jésus.

Dans les évangiles, l'objet retrouvé, la direction de la vie révélée prennent sens spirituel par la jubilation de l'espérance victorieuse, et l'allégresse contagieuse.

Cette joie habite la femme qui a retrouvé la drachme, le berger qui ramène son mouton perdu, le père du fils prodigue comme ici, la Samaritaine. Cette joie leur fait communiquer leur bonheur à tout le monde, leur bonheur d'être.

Peut-être avait-elle jusque-là confondu besoins sensuels et désirs ?

Peut-être aussi avait-elle confondu son plaisir avec la joie, un homme dans son lit avec le bonheur?

Jésus, encore une fois, ne la blâme pas. Elle en était à ce stade : préférer son pouvoir de conquête plutôt que sa recherche d'amour, son «faire» habile plutôt que son «donner», sa fuite négociée d'homme en homme, sans foyer construire, ni descendance assumer, plutôt que son être responsable en mouvement vers son devenir.

Le «faire» devrait donc n'être qu'un moyen pour exprimer notre être, notre désir, et non un but en lui-même, même s'il est accompagné de plaisir.

Que s'est-il donc passé dans sa vie pour qu'elle en soit restée là?

Je ne sais pas. Mais Saint Jean, qui nous relate ce récit, nous décrit la rencontre d'une femme à la vie dispersée et de Jésus, source de vie.

A partir de cette donnée, je peux dire que nous, psychanalystes, rencontrons cette femme ou ce qu'elle symbolise tous les jours, en nous et autour de nous : elle veut fuir sa solitude, la réalité dramatique de la solitude que chacun vit depuis sa conception et, après la naissance, jusqu'à la mort.

Mais, au fait, d'où vient ce fantasme de paradis perdu, d'unité un moment vécue puis détruite à jamais et... toujours espérée?

D'abord perdu, c'est le ventre maternel et son illusoire volupté.

Quand nous naissons, nous ne savons pas de quel sexe nous sommes. Nous sommes prénommés. On nous déclare fille ou garçon mais ce n'est qu'à trois ans que nous découvrons le sens de ce prénom et de ce mot, fille ou garçon : nous découvrons notre sexe différencié, le possible et l'impossible avenir auquel nous sommes assujettis par lui. Jamais nous ne pourrons nous identifier dans notre être charnel à la fois à nos deux parents également aimés et aimants, également responsables de notre vie et sécurisants, également images de puissance désirable.

C'est l'enfant d'avant trois ans qui s'identifie à un adulte bicéphale, à un «papa-maman» ou à un «maman-papa». A partir de l'âge de trois ans, ce qu'en psychanalyse on appelle la castration primaire, c'est la découverte que nous ne pourrons jamais devenir à la fois homme et femme, père et mère. La réalité physiologique sexuée barre la liberté de l'imaginaire androgyne.

Nous voilà alors clairement différenciés, castrés d'un sexe. A cette réalité, nous ne pouvons échapper. C'est une découverte douloureuse... «Qu'il était donc bon le temps où nous ne savions rien de notre sexe tandis que nous étions dans l'utérus!»

Puis c'est le fol espoir d'égaler en séduction notre géniteur dont nous partageons le même aspect sexué et, comme ce modèle, enfanter avec l'autre une réplique de nous-mêmes...

Cet espoir est barré : l'interdit de l'inceste sépare ceux qui s'aimaient. Par le langage, par la parole, par ses lois, la société barre la liberté du désir sexuel.

Après le sevrage s'ajoute, à l'épreuve de ce manque, l'épreuve de la solitude. Oui, après la perte à jamais de l'espoir d'inceste (1), c'est l'amère solitude.

De cette expérience et de la découverte de notre sexe différencié, il demeure le rêve d'un paradis perdu antérieur à notre naissance. Illusoire totalité! Mirage d'un plaisir béat d'avant notre solitude...

La réalité de notre vie et de notre corps nous fait perdre l'illusion de cette imaginaire totalité.

Pour fuir cette solitude, nous essayons toujours de

_____

(1) Souvent ignoré consciemment.

recoller les morceaux et «ça ne colle jamais». C'est le sein maternel et son lait, la protection maternelle, les bras des parents, leurs conseils et la recherche d'un conjoint puis c'est l'aménagement douillet de notre demeure... etc. Enfin, nous espérons toujours retrouver cet état de bonheur et d'unité que nous croyons avoir perdu. Le désir prenant l'image de ce qui nous manque dans l'autre, nous espérons y retrouver ce que nous croyons avoir perdu. Mais c'est un leurre, jamais nous ne l'avons connu, dès l'instant même de notre conception.

Mais quel rapport avec cette Samaritaine?

Vous savez bien que nous sommes de la même humanité que cette femme. Toute notre vie est faite de leurres, lesquels soutiennent vivante la palpitation de notre désir. Si nous courons de leurre en leurre, d'autre chose en autre chose, nous vivons. Ceci peut paraître paradoxal, et pourtant...

Quand l'épreuve est difficile, quand la dépression nous guette, nous posons alors ce leurre, cet espoir, ce but dans le passé, le passif, nous ressassons les occasions manquées. Dans nos moments de vitalité, nous les projetons en avant, dans le futur et nous repartons à leurs conquêtes.

Ce leurre, vous le voyez, dépasse les limites du temps et de l'espace de notre corps. Il nous attracte indéfiniment plus loin. C'est ce que le Christ dit à cette femme.

Sans doute, n'a-t-elle pas encore fait le deuil de l'autre sexe, deuil qu'elle aurait pu être amenée à faire lors de ses trois ans. Dans l'autre sexe donc, elle ne cherche qu'un complément au manque de son propre corps. Les hommes lui servent ainsi de «bouche-trou», oserais-je dire, de sécurité momentanée pseudo-parentale, et non de compagnons de route. D'homme en homme, c'est toujours le même leurre et la même répétition d'une même recherche et l'illusion de l'avoir trouvée tout en refusant de lier son destin au destin d'un autre.

Jésus, en parlant, éveille cette femme à une communication, à un échange désaltérant qui ne sont pas fondés uniquement sur le besoin du corps comme la soif mais sur le désir qui s'aventure au-delà du corps.

L'amour, en effet, fait découvrir que, si l'autre ne peut jamais être un objet possédé, toute rencontre peut être ouverture à une communion de cœur dans la vérité qui se donne et de parole que l'esprit vivifie.

Il me semble aussi que cette nouvelle manière de prier qui ne serait plus à Jérusalem mais partout, ou que cette nouvelle nourriture qui serait la volonté du Père, veulent dire la même chose : nul ne possède Dieu.

On ne peut posséder Dieu, ni à Jérusalem ni en Samarie. Dieu n'est pas contenu par une basilique ni enfermé dans un monastère ni concentré dans un pèlerinage. Aucune ville n'est sainte. Aucune terre n'est sainte, sauf peut-être celle ainsi appelée parce que justement Jésus n'y est plus et que l'on y rencontre une absence, un absent qui a dit de le trouver dans l'autre (1). On ne «coffre» pas Dieu !

Même des «exercices» spirituels, des études théologiques, des critiques d'exégèse ne peuvent donner «l'eau vive». Seule l'expérience d'un manque dans une rencontre peut nous ouvrir à Dieu et nous mette en recherche continuelle (2) de lui.

---

(1) Première lettre de Saint Jean : Chapitre IV — verset 20. Matthieu : Chapitre XXV — versets 31 et suivants.
(2) Première lettre de Saint Jean : Chapitre IV — verset 8.

N'est-ce pas en contradiction avec ce que dit Jésus : « Celui qui aura bu de l'eau que je lui donnerai, n'aura plus soif (...) l'eau que je lui donnerai deviendra en lui une source d'eau bondissante vers une vie sans fin. »

Il n'y a pas de contradiction. Jésus dit : « Si toi, Samaritaine, tu t'attaches à ne combler que tes besoins en hommes, en victuailles, en boissons... autrement dit, si tu t'en tiens uniquement aux besoins de ton corps, aux plaisirs de ton cœur, au jouir de tes sens, à l'acquisition du paraître enviable, jamais tu ne seras rassasiée.

A accaparer, à consommer tu t'arrêteras, ne sachant pas que tu quêtes autre chose. L'eau que je donne est une source, un jaillissement permanent vers l'autre, une recherche à travers l'autre d'un Autre que tu ne connais pas. »

C'est cela le désir vivant.

Avec cette « eau », qui n'est pas l'objet du besoin mais du désir, on ne pense plus d'abord à sa satisfaction quotidienne d'amour-propre, de narcissisme, d'intérêts mais on vise autre chose : l'eau vive du désir coupe la soif de l'eau du besoin. L'espoir et la certitude de la moisson de vérité apaisent la faim.

Parabole de
L'enfant prodigue

Évangile selon Saint Luc
Chapitre XV — versets 11 à 32.

Il dit encore : Un homme avait deux fils. Le plus jeune dit à son père : «Donne-moi la part de bien qui me revient». Il leur partagea ses ressources.

Quelques jours après, récupérant tout son bien, le plus jeune partit pour un pays lointain et là, il gaspilla sa fortune dans une vie dissolue.

Quand il eut tout dépensé, survint dans cette région, une grande famine. Il commença alors à être en manque.

Il s'attacha au service d'un des citoyens de ce pays. On l'envoya aux champs pour garder les cochons. Il désirait se remplir le ventre des caroubes que mangeaient les cochons mais personne ne lui en donnait.

Il fit alors retraite en lui-même et dit : «Nombreux sont les ouvriers de mon père qui ont surabondance de pain et moi, ici, je meurs de faim. Je vais me lever, je vais aller vers mon père et je lui dirai : «Père, j'ai péché envers le ciel et contre toi, je ne suis plus digne d'être appelé ton fils. Traite-moi comme l'un de tes ouvriers.» Il se leva et partit vers son père.

Il était encore loin que son père le vit et fut remué

jusqu'aux entrailles. Il courut se jeter au cou de son fils et l'embrassa avec tendresse. Son fils lui dit : «Père, j'ai péché envers le ciel et contre toi, je ne suis plus digne d'être appelé ton fils...»

Mais le père dit à ses serviteurs : «Apportez vite la plus belle robe et habillez-le, passez lui une bague au doigt et des sandales aux pieds. Amenez le veau gras. Tuez-le, mangeons, faisons la fête car mon fils que voici était mort et il est revenu à la vie, il était perdu et on l'a retrouvé.» Et ils se mirent à faire la fête.

Mais il y avait aux champs son fils aîné. Comme il s'en revenait et approchait de la maison, il entendit de la musique et des danses. Appelant un serviteur, il s'informa de ce que c'était. Celui-ci lui dit : «Ton frère est arrivé et ton père a tué le veau gras parce qu'il l'a retrouvé en bonne santé.» Alors, il se mit en colère et ne voulut pas rentrer.

Son père sortit et l'appela. Mais il répondit à son père : «Voici tant d'années que je travaille pour toi et jamais je n'ai transgressé un ordre et, à moi, jamais tu n'as donné un chevreau pour que, avec mes amis, je fasse la fête. Mais ton fils, celui qui a bâfré ton argent comme un goinfre avec des filles, est arrivé, tu as tué pour lui le veau gras.»

Alors le père lui dit : «Mon fils, depuis toujours tu es avec moi et tout ce qui est à moi est à toi... Il fallait faire la fête et se réjouir parce que ton frère que voici était mort et il vit, il était perdu et on l'a retrouvé.»

Gérard Sévérin

Le fils aîné a raison de se fâcher : une vie monotone n'est pas une vie. Son père, tout content, lui dit : « Tout ce qui est à moi est à toi ». La belle affaire... il aurait pu donner à son fils un chevreau pour faire la fête avec ses amis. Il exagère.

Par ailleurs, ce fils aîné est un exemple. Le poète ne dit-il pas :

« La vie humble aux travaux ennuyeux et faciles est une œuvre de choix qui veut beaucoup d'amour ? »

Ce fils aîné qui a toujours travaillé sans protester a de quoi maintenant être en colère. C'est lui qui est un vrai fils, c'est lui qui à montré « beaucoup d'amour » dans les « travaux ennuyeux et faciles ».

Françoise Dolto

Oui... Il a beaucoup de mérite comme on dit ! Travail, Famille, Patrie sont les valeurs qui font de lui un bon fils selon les conventions ou l'attente de son père. Un père, en effet, désire que son enfant soit travailleur, aie l'esprit de famille et reste au pays. C'est ce qu'a fait ce fils aîné.

Mais ce fils aîné est en tout associé à son père et ce père est attaché à son fils. « Depuis toujours, dit-il, tu es avec moi. Tout ce qui est à moi est à toi. » Vous voyez, leurs deux vies sont complémentaires, voire confondues. On dirait que cet aîné fait partie du père ou du moins qu'il en est le prolongement. Il a vécu ainsi, docile, sans rupture jusqu'à la fin. Jamais cet enfant n'a protesté. Toujours soumis, il a travaillé. Il paraissait heureux, accordé à son propre destin. Mais... mais...

Sans doute que ce père était plus confiant dans son aîné, il avait avec lui plus d'affinités. Sur ce fils reposaient certainement les espoirs du père : «Tout ce qui est à moi est à toi. C'est toi qui as le droit d'aînesse. Je compte donc sur toi pour prendre la succession du patrimoine.»

Mais voici que cet aîné commence à vivre sa vie au moment où son père, l'oubliant un peu, se découvre père du plus jeune... C'est extraordinaire!

Mais pourquoi n'a-t-il pas fait venir son fils aîné pour cette fête?

Le fils aîné est aux champs. Le père est à la maison, il ne peut pas attendre : il est tellement heureux de se découvrir à nouveau père en retrouvant un fils «mort» et qui maintenant vit. C'est la fête, c'est tout de suite exulter et se réjouir avec ce fils qui vient de lui révéler sa «tripe» paternelle. Sa joie rayonne. Il la communique à tous ceux qui sont présents.

Et voici qu'arrive le fils aîné, en personne. Il commence alors à se démasquer : il se retourne contre son père, il est tout «retourné», comme on dit.

Jusqu'ici, voyez-vous, il vit consacré au «besoin», en bon fils, c'est-à-dire qu'il travaille pour produire, il mange pour consommer. Il est obéissant.

Grâce au retour de ce frère prodigue, il change : il se met en colère contre son père. Il est «hors de lui», c'est-à-dire qu'il rejette ouvertement son frère à qui il reproche d'avoir été jouisseur et dépensier, il rejette ouvertement son père pour la première fois de sa vie. A lui il reproche d'avoir été avare et austère. Il se sépare aussi de lui-même qui se croyait jusqu'ici heureux de son état et le paraissait sans doute. Il ôte le masque.

Nous comprenons alors que ce frère aîné n'avait collé à son père que pour éviter à celui-ci de reconnaître dans son second fils un égal de lui, l'aîné. Maintenant, séparé de ce père, par sa colère, il se sépare de lui-même, de ce lui-même enfant jaloux qui avait surcompensé sa jalousie par une dépendance de son plaisir au plaisir de son père. Son attitude était servile, esclave. C'est l'amour qui rend égal à l'aimé et libre. Mais sous cet aspect de travailleur besogneux, que refoulait-il donc ?

Tout à coup, au spectacle de son père et de son jeune frère, resurgit cette jalousie. Réprimés, en attente d'un patrimoine qu'il n'aurait pas eu à partager, ses désirs ne peuvent plus s'atermoyer.

Ne voilà-t-il pas que, dans sa colère, il reproche à son père de l'avoir exploité, de ne lui avoir jamais proposé un chevreau pour faire la fête avec ses amis. Mais l'avait-il seulement jamais demandé ?

D'ailleurs avait-il besoin d'autorisation ? Tout ce qui était à son père n'était-il pas aussi à lui ?

C'est son cœur qui était sec et égoïste. Il n'avait pas d'amis assez aimés pour «perdre temps et argent» avec eux. Dans sa vie, rien que de l'utile. Pas de place pour la joie, la surprise, la rencontre d'autrui, le risque... oui, le risque de perdre mais... de perdre quoi ? Sa vie ? (Il s'aperçoit tout à coup qu'il est passé à côté). Perdre quoi ? L'amour de son père ? Mais, comme son cadet, toujours il l'a eu ; l'amour ne se monnaie pas. Et pour devenir totalement homme et père ne faut-il pas se risquer à quitter sa dépendance, à se libérer, dans la loi, de sa subordination et y réussir ?

Justement, ce fils aîné, aujourd'hui, explose non de joie mais de colère. C'est sa révolution !

Ce n'est plus à des besoins qu'il veut atteler sa vie.

Maintenant, il veut se risquer, lui aussi, hors du champ paternel, il veut consacrer temps et argent au plaisir d'être avec des amis de son choix : communier et non plus seulement travailler et consommer. Quelle révolution !

Oui. Il va placer sa vie non plus dans la soumission aux besoins de son corps mais dans autre chose comme tout être vraiment vivant qui accède autonome à son désir et qui en assume les risques.

Mais, tous ces êtres sont des pécheurs pour les pharisiens !

Peut-être, et c'est cela qui est mis en question, car le fils qui apparaissait vertueux, en fait, ne l'était pas. Il écrasait son désir et ne vivait pas d'amour.

Dans cette parabole, le fils prodigue est allé jusqu'au bout de ses initiatives. Il a tout sacrifié, ses biens, son avoir, ses actes, sa dignité, ses besoins mais dans la liberté pour assumer seul ses multiples désirs de conquête et de plaisir.

Il a «claqué» son argent, comme on dit. Il a fait la vie. Sans doute, ne l'a-t-il pas réussie... Ruiné, affamé, il a réfléchi.

Mais n'est-ce pas dans la mesure où il aura vécu tous ces besoins qu'il pourra être sûr qu'il ne lui suffisent pas et qu'il a «besoin» d'autre chose. C'est dans la mesure où il a fait l'expérience de tout risquer jusqu'au manque, jusqu'au néant, qu'il peut maintenant accéder à autre chose qui est le désir et son intensité, lui qui n'est plus digne de porter le nom de fils de cet homme juste qu'il n'a pas honoré, lui qui n'espère qu'une place d'ouvrier subalterne, de quoi subsister...

Quel immense désir soutient cette marche de vaincu de la

vie imprudemment menée, cette marche d'éclopé, harrassé, affamé, déchu, plein de repentir, dans la détresse du corps et du cœur, quel immense espoir, quel immense désir ! Si Père voulait encore ! Père ! Père ! me donner un peu de travail, un peu de place, un peu de pain...

Mais pour en arriver là, quel gâchis il a fait de sa vie!

Oui, cette parabole pourrait être celle des espérances trompées ou celle des pièges de la liberté prise, de la liberté non prise.

Le cadet prend sa liberté. Qu'en fait-il?

Il se ravage, il se gaspille, il se dévoie, il se ruine, il se détruit. Il nie son père, il nie sa famille, il nie tout de sa vie passée. C'est un paroxysme de négation. C'est pourquoi ce fils était mort pour son père.

Cette prise de sa liberté, respectée et acceptée par le père, aurait pu lui permettre d'être responsable de sa vie sans rester une copie de son aîné, ni copie conforme de son père. Mais dans son cœur, cette prise de liberté était réactionnelle et négative. En quittant l'enfance, c'est tout de sa vie familiale et des exemples reçus qu'il rejette.

Pourtant ne faut-il pas vivre cette étape, ne faut-il pas vivre cette espèce de destruction pour se révéler à sa propre identité?

Oui, « si le grain de blé ne meurt, il ne produit rien » (1),

---

(1) Jean : Chapitre XII — verset 24.

il n'est auteur de rien, il ne vit pas, il ne porte pas de fruit.

Il faut que le grain meure mais qu'il ne pourrisse pas ! On pourrit quand on ne vit que — le sachant ou non — pour ses besoins ou ses plaisirs, dans la difficulté aussi bien que dans la facilité. Le corps est avide de plaisir et souvent s'y laisse piéger si le cœur n'y veille, si le sentiment de sa dignité humaine n'aide à chercher sa voie propre, si l'honneur à faire à ses parents n'aidait à se détourner du déshonneur, non pour soi mais pour ses descendants.

Ce jeune prodigue lui, est descendu, jusqu'à ses propres « enfers » !

Oui, nous avons besoin de plaisir mais ce n'est pas le plaisir, c'est la souffrance qui nous façonne. Il en est de même pour chacun de nous : nous avons à mourir à quelque chose pour advenir désirant, désirant de vrai désir par-delà le besoin avec comme seul guide l'amour.

Ainsi, l'enfant quitte le sein que lui donne sa mère pour découvrir son sourire, sa présence, l'amour de celle qui l'entoure. Bien sûr, dans quelques instants, il va encore avoir besoin de manger, il appellera encore sa mère parce qu'il a faim mais bientôt, il répondra à son sourire, mais mangera tout seul.

Ainsi, va-t-il, petit à petit, découvrir une personne : sa mère et se con-naître son enfant, lui aussi une personne. Il va découvrir qu'à la consommation, aux besoins, à leurs plaisirs limités, prévalent la subtilité psychique et la chaleur émotionnelle des cœurs accordés.

De séparations en séparations, l'expérience de soi s'affine, celle des autres se découvre.

L'enfant va un jour marcher, c'est-à-dire quitter la sécurité des bras de ses parents pour inventorier l'espace. N'est-ce pas d'une certaine manière se risquer pour advenir «allant-devenant» homme? Quitter un besoin de sécurité pour vivre un désir?

A dix-huit mois, tout enfant ne dit-il pas «non» à sa mère, pour advenir à un «oui» à lui-même, «tout seul»? Non à «toi» pour se savoir «moi». Séparation créatrice de sa première autonomie.

Et à son père aussi l'enfant plus tard devra dire «non». Et son père savoir le lui dire.

Tout au long de ces séparations, de ces mises à distance, épreuves mais aussi apprentissage de sa responsabilité, on se construit aimant.

Pour revenir à la parabole, nous dirions aujourd'hui que le second fils a fait une véritable crise d'adolescence avec ses risques alors que l'aîné l'a édulcorée pour continuer à profiter des biens du père, dans une dépendance commode et intéressée, où il refoulait, inconsciemment peut-être, tout au moins au début, son désir d'autonomie.

Justement, dans cette parabole, le père entre dans vos vues : il est extraordinaire!

Non, en tant que père, il est juste. Il est vrai.

Peut-être le père a-t-il toujours aimé son fils cadet d'une autre manière que son aîné. Jamais les parents n'aiment leurs enfants de la même manière. Qu'ils le veuillent ou non, ils établissent des différences, bien que, la plupart du temps, ils s'en défendent.

Ici, ce père aimait sans doute le cadet d'une manière moins possessive qu'il n'aimait l'aîné. C'est pourquoi, peut-être, le plus jeune, était-il ainsi plus libre, plus indépendant, plus apte à réussir le départ du nid familial en espérant réussir tout seul. Il pouvait réfléchir personnellement et… se passer de son père. Car ce qui fait la valeur d'un père, c'est d'être un exemple provisoire. C'est de conformer ses actes à la loi.

Quand son fils désire partir, le père lui fait confiance. Il n'essaie pas de contrecarrer son fils, ce fils qu'il aime sûrement. Il n'essaie pas de le raisonner, de lui montrer la bonne voie, de redresser son point de vue… Le père n'est ni un dresseur ni un dompteur. Il ne joue pas de sa puissance. Il n'essaie pas de retenir son fils! Ce qui fait la valeur de l'enfant, de l'homme, c'est sa liberté créatrice, sa liberté d'innover, et non la soumission à un autre.

Vous trouvez que le plus jeune enfant était libre mais peut-être était-il rejeté, exclu?

Son père avait respecté la loi. Il l'aimait. Il lui a donné le bien auquel il avait droit.

Peut-être ce cadet n'était-il pas assez armé pour la vie quand il a quitté le foyer paternel. Peut-être trop protégé est-il tombé dans le piège tendu par des aigrefins, des usuriers, qui ont flatté ses faiblesses pour les plaisirs. Il a dilapidé son argent, nous dit-on, mené une vie dissolue. Parti avec de grands projets, il a raté. Il n'était pas fier de lui. Mais il a eu aussi de la malchance. Ruiné, il s'est mis courageusement au travail en se louant à un maître. Sans la famine survenue dans ce pays lointain où il s'en était allé, il aurait peut-être remonté la pente, reconquis sa dignité.

Je crois que son hésitation à revenir venait de deux raisons. Sa honte devant lui-même et devant son père, et sa crainte qui venait de la méconnaissance de son père et qui s'explique.

Entre le père et le plus jeune, il y avait l'aîné qui, lui aussi, avait servi de modèle et comme ce frère aîné s'était évidemment montré rival, le cadet a pensé qu'ayant dilapidé les biens que son père lui avait donnés, son père, tel son aîné, ne le reconnaîtrait plus comme membre de la famille mais comme serviteur, du moins l'espérait-il. Au lieu de garder les cochons chez un autre, pourquoi ne pas les garder chez son père ? Chez lui, les plus subalternes mangeaient à leur faim. Ce n'était pas la disette, et son père était un bon maître.

Il a fait une régression terrible dans son épreuve. Il est devenu un moins que rien. Peut-être a-t-il pensé que son père l'avait toujours traité comme plus insignifiant, plus ordinaire que son frère aîné. Je pense que chez ces deux garçons, il y a une rivalité fraternelle. C'est le cadet qui l'a le plus subie.

Au moment de son adolescence, il s'est débarrassé à la fois et de son aîné et de son père, avec lequel il n'avait sans doute jamais eu un véritable contact peut-être parce que son frère aîné avait pris trop de place.

Quand il est revenu, il ne pouvait pas s'attendre à être reconnu par son père comme un fils car il n'avait pas fait fructifier son argent : il ne revenait ni en maître, ni en homme qui honore son père et sa mère.

Dans sa tête d'adolescent attardé, il pense que son père veut que son enfant devienne «quelqu'un» tout comme enfant chacun pense que son père est un être d'exception, alors qu'un père est un être d'amour.

Mais il avait eu comme modèle, non pas seulement son père, mais aussi son frère qui n'était pas un être d'amour, ce que tout le monde ignorait jusqu'au jour où le plus jeune est revenu.

L'aîné alors s'est dévoilé. Il s'est révélé rival révolté de son cadet. Il ne pouvait admettre que ce prodigue fût autant que lui fils de son père, qu'il fût reçu et fêté. Qu'on fût heureux de son retour. La joie de son père le révolte.

Ce passage d'évangile nous indiquerait la tolérance?

Mais oui... cette parabole est troublante, comme tant d'autres! Il nous est montré que ceux qui ne vivent pas selon la morale traditionnelle sont aimés de Dieu tout autant que ceux qui vivent «vertueux».

Naturellement, c'est révoltant pour les vertueux qui se montrent tels, qui se privent de plaisir, que ce ne soit pas du fait de leur « vertu » exhibée que Dieu les aime... Il les aime, bien sûr, parce qu'Il est toujours en eux «engendreur», présent dans l'engendré. C'est Dieu qui aime le premier. Mais eux, pieusement graves, tristes, frustrés, se détournant de la vie et de ses joies, l'aiment-ils?

Quand le père revoit son fils «il est remué jusqu'aux entrailles». C'est une espèce d'accouchement, une nouvelle relation entre deux êtres qui se reconnaissent autres, mais affiliés par la vie donnée et reçue.

Mais enfin, si vous lisez cet évangile, le fils prodigue revient parce qu'il a faim, parce qu'il a besoin, précisément, de manger. Je le trouve très terre-à-terre, très intéressé.

Oui, peut-être. Ne le sommes-nous pas tous, intéressés? Mais il me semble que le fils aîné est aussi intéressé sinon plus que son jeune frère : il n'a rien risqué et comptait tout avoir.

En effet, à la mort de son père, n'aura-t-il pas tous les biens qu'il aura fait fructifier avec celui-ci et, de plus, la ferme, depuis le départ du cadet? A la mort de son père, il sera le maître. C'est ainsi que son travail, sa vie, etc. avaient sens pour lui. Mais où vivait-il son désir actuel, sa joie actuelle, son amour? Y avait-il place seulement pour du plaisir?

Il vivait donc de la mort prochaine de son père?

Je ne dirais pas cela. En tout cas, il ne la désirait pas sans doute consciemment. Mais c'est sûr, lui ne se languissait pas de son frère cadet! Il en était bien débarrassé... Il vivait d'un train-train tranquille sans joie, sans surprise. C'est son jeune frère qui, en revenant, en provoquant cette révolution joyeuse, découvre alors le premier, en leur père, autre chose qu'un possesseur de biens, qu'un distributeur de nourriture. C'est la révélation de ce qu'est un père, de la joie et de la chaleur du cœur d'un père.

Ce n'est plus de l'ordre du besoin satisfait du travail rémunéré, du nécessaire assuré mais du désir, de l'amour, de la communication humaine. Ils font la fête! C'est incroyable pour ce jeune qui se sentait si coupable!

Près de son père, ce fils advient à un autre niveau : celui d'un homme qui, arrivant avec le sentiment de sa déchéance, se voit accueilli comme un grand ami par son propre père. Avec lui, il peut communiquer avec une personne. Et quand on se met à communiquer, à essayer de dire vrai, ça n'est jamais fini : on peut désirer sans fin.

Ce fils était mort; maintenant, il vit d'une autre manière.

Et l'aîné, par le retour de son frère, découvre aussi un père qu'il ignorait, un homme qui n'est pas seulement possesseur de biens mais aussi un homme de cœur, de tendresse paternelle, qu'il n'avait pas su reconnaître. A ce moment-là, par sa révolte, le frère aîné sent monter en lui, avec sa colère, des forces contestataires qu'il ignorait. Ce désir d'autonomie qu'il n'avait jamais manifesté, qu'en fera-t-il?

Dans cette histoire, tous les personnages deviennent autres.

Mais vous ne dites rien sur l'esprit intéressé de l'enfant prodigue. Il ne pense qu'à lui : il ne s'occupe ni des souffrances de son père, ni du travail supplémentaire que son départ a occasionné à son frère, ni des difficultés pour exploiter la ferme familiale, lui absent. Il n'est pas un exemple.

Personne n'est un exemple pour personne. Nous sommes uniques. Sans doute, pour un temps, prenons-nous des modèles de vie chez ceux qui nous entourent, mais ils ne sont modèles que pour un temps. Bientôt, nous les quittons pour accomplir notre vie personnelle, comme ce fils prodigue quitte son père, lâche son père-modèle et son grand-frère-modèle pour se trouver, pour être en présence de lui-même.

Cette attitude peut paraître téméraire et, pourtant, hors de cette voie, il n'est pas possible d'exister dans sa vérité. Maintenant, le fils prodigue peut aimer son père qui s'est montré prochain, bon samaritain, non pas comme un patron généreux, mais comme un père, c'est-à-dire un engendreur continuel qui suscite toujours...

Mais enfin, le père ne demande-t-il pas à son fils aîné d'être un héros désintéressé?

Pas du tout. L'aîné n'avait-il pas eu aussi son partage, il avait eu la même chose que le plus jeune et de plus il restait sur place. Il escomptait avoir tout, une fois le père mort.

Maintenant, pour ce frère aîné, il va falloir, son jeune frère revenu, partager ce bien vivant qu'est le rapport de la ferme. Le fils cadet maintenant ne demande qu'à travailler... Il est donc normal qu'il ait, au jour le jour, non pas sa part de capital, il l'a eue et l'a dilapidée, mais sa part de bénéfice.

Cette parabole est le contraire de la fable de «La cigale et la fourmi.» On entend très bien le frère aîné qui dirait : «Tu as voulu t'amuser, eh bien tu es puni maintenant.» Mais le père ne punit pas, il redonne valeur humaine et dignité humaine à ceux qui se sentent pécheurs, coupables, qui ne s'aiment plus ou ne se croient plus aimés des autres ou de Dieu, ce qui est la véritable souffrance.

Donc, vous donneriez tort au fils aîné? Pourtant, à la lecture de cette parabole, on est tenté de le comprendre, comme je le disais au début.

Mais non... Je ne donne ni tort ni raison. Vous le savez, je cherche le sens organique du désir que Jésus de Nazareth enseigne et je constate qu'il est dans le droit fil de la santé psychique de l'inconscient.

Le père pouvait croire que c'était par désir et pour son plaisir, par choix délibéré que son fils aîné était resté sur les terres familiales, avec lui, et qu'il vivait comme il le faisait. «Tout ce qui est à moi est à toi». Cela signifiait : de ton bien qui fut une part du mien, tu peux en user comme tu le désires. Pourquoi le fils aîné s'en privait-il? Ce n'était pas l'envie qui lui en manquait, du moins le fils aîné le croyait-il. Mais il attendait que son père lui dise : «Prends un chevreau, invite des amis, danse. Cherche-toi femme».

C'est que, insuffisamment mûr, cet adulte vivait en

s'auto-censurant comme un enfant qui craint son père (mais ne l'aime pas), qui ne l'honore même pas puisqu'il prête à son père des désirs despotiques, ceux, précisément, qu'aurait un enfant qui voudrait jouer un rôle de maître, confondant l'autorité liée au rôle, à celle de la personne qui assume ses responsabilités.

Un père, s'il est vraiment père, n'use de son autorité que jusqu'au jour où chacun de ses enfants, devenu autonome, déclare se prendre en charge, assume son désir, l'affirme au besoin face aux réticences du père si celui-ci doute encore que sa tâche soit terminée auprès d'eux.

C'est au fils, c'est à la fille, d'emporter la conviction et la confiance des parents, de se séparer si tel est leur désir dans les règles édictées par la loi, pour ce qui est des biens matériels et pour ce qui est du patrimoine moral de conquérir leur liberté, honorant ainsi père et mère, qu'ils soient ou non compris d'eux, en accord avec eux.

Que l'échec survienne, que le sentiment de la faute étreigne alors celui qui a pris ses risques, soit qu'il ait présumé de ses forces, soit qu'il ait rencontré l'adversité, soit que ses rivaux le chargent d'opprobe, c'est pourtant celui-là, celui qui a milité pour son désir, ce fils prodigue, que Jésus réhabilite dans cette parabole.

Son désir l'a fait pécher, mais il n'a pas péché contre la loi du désir. Le père, s'il est vraiment digne d'être un père, le sait et n'en aime que plus ce fils, ce frère humain éprouvé par la vie.

Parce qu'il a découvert un père qui a donné à son fils la possibilité de ne pas rester enfant et de faire l'expérience qu'il désirait mener, ce fils devient ainsi père de lui-même, pourrait-on dire, et non plus enfant besogneux occupé à décalquer sa vie sur celle d'un modèle.

Vous dites aussi qu'il est intéressé! Mais, vous le savez, un frère n'est pas «obligé» d'aimer son frère, un enfant n'est pas «obligé» d'aimer ses parents, le décalogue commande de les honorer. Les parents sains aiment leurs enfants, mais les enfants ne sont jamais obligés d'aimer leurs parents. Devenus parents, ces enfants aimeront à leur tour leurs enfants. C'est à souffrir de cet amour qu'ils comprendront peut-être alors leurs parents...

Il n'y a qu'une sorte de péché à mon sens : le péché contre son désir. C'est ce péché-là que faisait le frère aîné.

Le frère cadet n'avait pas péché ni contre son père, ni contre son désir ni contre Dieu en quittant le foyer paternel. Mais il s'est senti pécheur, il l'est devenu par la suite parce qu'il a, en s'essayant à son désir, succombé aux tentations rencontrées et récolté l'échec et la détresse.

Parti glorieux avec son héritage, plein et de projets et d'espoirs, il revient honteux. Il «s'écrase» alors. Il est écrasé d'avoir péché contre le ciel et son père, contre l'éthique et le génétique, et c'est en cela que le père rachète dans la joie de sa retrouvaille la dignité de celui qui avait tout risqué et tout perdu. Et c'est cela qui met en colère celui qui n'avait rien risqué.

Je le redis, le seul «péché», pour moi, est de ne pas se risquer pour vivre son désir (1).

_____

(1) L'autre péché qui serait plus une bêtise qu'un «péché», c'est de douter de l'amour de Dieu pour soi-même quand on ne s'aime plus et de se révolter contre l'amour de Dieu qui se donne à tous nos rivaux sans mérite de leur part. Le jour où ils arrivent en état de manque, comme le fils prodigue... alors ce pourrait être la joie de tous!

Les enfants n'ont-ils pas à dégager, à révéler, comme on le dit d'une photo, qui ils sont pour ajouter leur vérité unique à la lente maturation de l'univers?

Une femme
adultère

Évangile selon Saint Jean
Chapitre VIII — versets 1 à 11

Au petit jour, Jésus s'en vint à nouveau dans le sanctuaire et tout le peuple venait à lui. Il s'assit et il enseigna les gens.

Les scribes et les pharisiens amènent une femme surprise en adultère. Ils la mettent debout au milieu et lui disent :
— «Maître, cette femme a été prise en flagrant délit d'adultère, et, dans la loi de Moïse, il est prescrit de lapider de telles femmes. Et toi, qu'en dis-tu?»

Ils disaient ceci, cherchant une preuve pour avoir de quoi l'accuser.

Jésus, se penchant, se mit à dessiner du doigt, par terre.

Comme ceux qui l'interrogeaient continuaient, il se redressa et leur dit : «Que celui d'entre vous qui est sans reproche, le premier, jette sur elle, une pierre.» Et à nouveau il se pencha et se remit à écrire par terre.

Entendant cela, ils sortirent un à un, à commencer par les plus vieux. Jésus resta seul et la femme était toujours au milieu.

Jésus se redressant lui dit : «Femme, où sont-ils? Pas un ne t'a condamnée?»

Elle lui dit : «Pas un, Seigneur.»

Jésus lui dit : «Et moi non plus, je ne te condamne pas. Va-t-en et, à partir de maintenant, ne pêche plus.»

Françoise Dolto

Ce qui me frappe tout de suite, c'est le malheur de cette femme. Vraiment cette femme a dû être malheureuse. Je l'imagine seule, honteuse au milieu de cette foule imbécile et hurlante...

Vous les voyez, nous les voyons qui ricanent, méprisants. Elle, dans sa détresse, sans aucun ami pour la protéger, est apeurée. Eux, aux regards impudiques, qui la déshabillent, la blessent, la violent.

Elle a peur, car elle risque sa vie. Elle peut être tuée à coups de pierres. La loi de Moïse ordonne de tuer ainsi les adultères (1).

Gérard Séverin

Elle est malheureuse... Oui, sans doute, mais, comme il y a adultère, on peut facilement penser que son mari est peut-être aussi malheureux qu'elle, ou même au bord de la détresse.

Ne dirait-on pas que vous, homme, vous ne pensez qu'à son mari qu'elle a fait cocu?

Oui, peut-être avait-elle un mari aimant qui, comme on dit, faisait tout pour la rendre heureuse et qu'elle a mis en

---

(1) Lévitique : Chapitre XX — verset 10 : «Quand un homme commet l'adultère avec la femme de son prochain, ils seront mis à mort, l'homme adultère ainsi que la femme adultère.»
Deutéronome : Chapitre XXII — verset 22 : «Si l'on prend sur le fait un homme couchant avec une femme mariée, ils mourront tous les deux, l'homme qui a couché avec la femme et la femme elle-même. Tu ôteras le mal d'Israël.»

échec... Peut-être une autre femme à qui elle a pris son mari souffre-t-elle aussi de se sentir délaissée à cause d'elle.

Mais cette détresse de l'autre trompé (e) est le lot ordinaire, je dirais, le lot dramatique de notre condition humaine prise aux rêts des lois sociales et prises dans la vie de notre désir.

Quand le désir surgit et envahit tout en nous, nous nous sentons comme «obligés», à moins de dénier les forces vives imbriquées à ce désir, à moins de nous renier nous-mêmes... Nous voilà obligés, contraints, assujettis...

Celui qui, au nom de la loi, revendique ses droits de propriétaire, n'éveille alors qu'indifférence, que lassitude. Si c'est un conjoint, ses étreintes n'apparaissent-elles pas comme un travail besogneux, voire harassant? Ces enlassements ne procurent aucun plaisir mais donnent à une femme l'impression d'être prostituée à son mari légal. Oui, l'adultère pose question.

La cause de l'adultère est donc le désir génital désaccordé. Et ce changement, cette mutation, bien souvent imprévus, du désir sont-ils inexplicables?

Cette femme a pris son plaisir dans des amours adultères mais peut-être aussi a-t-elle été piégée par son besoin sexuel, et son désir est peut-être ailleurs... Je n'en sais rien.

Peut-être allait-elle avec un homme simplement parce que, à son foyer, elle n'avait aucune tendresse et que l'homme, avec qui elle allait pour avoir un peu d'affection, en profitait pour prendre son corps.

Vu de l'extérieur, que savons-nous de l'adultère? Que savons-nous de la rencontre dans une chambre close de deux êtres?

Quand vous parlez de l'irruption inattendue d'un désir dans une vie et de ses dramatiques répercussions, vous pensez surtout aux relations entre un homme et une femme...

Avant la détresse par désaccord sexuel, désir bafoué, il y a dans l'histoire d'un être humain d'autres désaccords qui font souffrir.

Pensez à l'affolement de Joseph et de Marie, quand Jésus était resté au Temple.

Pensez à la détresse de Marie au pied de la Croix : son fils a bien vécu son désir jusqu'au bout, jusqu'à la limite ultime de sa vie humaine, entièrement donnée à sa mission.

Vous ne croyez pas à la détresse de cette mère ? Son désir de réussite pour son fils n'était-il pas bafoué ?

Ne croyez-vous pas à la détresse des parents dont l'enfant se met à vivre autrement qu'ils ne l'avaient souhaité ?

N'est-ce pas aimer que de permettre à l'autre de vivre son désir ?

Ici, c'est différent, ce n'est pas une mère ni un père, bien sûr. Jésus n'applaudit pas à la bavure légale de cette femme mais il ne la condamne pas.

Il n'a pas de réponse toute faite... Il dessine, il attend, il écoute ceux qui l'interrogent et qui ne lâchent pas prise et qui, dans le fond, ne cherchent qu'un prétexte pour l'accuser, le mettre en contradiction avec la loi de Moïse et le déshonorer comme «faux prophète».

— Son silence, son griffonnage de graffiti, la position de son corps penché qui ne brave personne, me font penser qu'il rentre en lui-même. Il cherche peut-être la vérité de cette situation, de l'accusation portée contre la femme. Peut-être que, rentrant en lui-même, il se rappelle ses tâtonnements humains, à lui, ses contradictions. Alors seulement il peut parler.

En effet, on ne peut remettre l'autre en cause que si soi-même, on se remet en cause. L'autre ne peut s'approfondir que si nous-mêmes, nous rentrons à l'intérieur de nous. C'est ce que Jésus dit aux pharisiens : «Que celui d'entre vous qui est sans reproche, le premier, jette sur elle une pierre.» Puis il rentre à nouveau dans le silence.

Je suis certaine — et ceci relève de ma clinique — je suis certaine que, ici, Jésus se remet profondément en cause pour que ces pharisiens enragés fassent de même.

Je le répète, dans la mesure où je me pose des questions sur moi, je permets à l'autre de faire le même chemin. Sinon je l'attaque et il se défend!

Je sais que, si l'autre résiste à une vérité, c'est parce que moi-même, je résiste à ma vérité. Les parents, les éducateurs, le savent : s'ils essaient de découvrir leur vérité, ils «débloquent» l'enfant... Et, croyez-moi, ce n'est pas facile. L'humilité dont fait preuve ici Jésus est, j'en suis sûre, exceptionnelle.

Vous venez de parler des contradictions de Jésus. C'est assez étonnant.

Si Jésus est un homme, il a des contradictions. C'est évident. Sinon, il n'est pas incarné, charnel, humain. D'ailleurs, l'Évangile n'est-il pas plein de contradictions? Vous le savez aussi bien que moi! On essaie vainement de montrer que ces contradictions n'en sont pas, qu'elles ne s'opposent pas. Un exemple : Jésus cravache les vendeurs du Temple (1). C'est même par ce geste brutal qu'il fait, peu après, son entrée dans

----

(1) Jean : Chapitre II — verset 15.

la vie publique. Mais plus tard il dira qu'il faut tendre l'autre joue, ne pas prendre l'épée (2), etc. Violent et non-violent : voilà l'homme !

Ce n'est que peu à peu qu'il va s'unifier autour de son désir, de son amour : le Père. Là où il est peut-être uni, unifié, c'est lorsque sur la croix, il dit : «Tout est achevé», et qu'il remet son esprit dans les mains de ce Père (3).

Même là, peut-on savoir? Lui-même, sait-il s'il a réussi? Aucun texte ne parle de paix ni de sérénité. Peut-être craint-il pour toujours de s'être trompé, d'être abandonné de son Père? Il n'est pas sûr. Quelle solitude! Il est le seul à être homme et Dieu. Aucun ne lui ressemble. Pas de vis-à-vis, pas de répondant. Seul.

Revenons à la femme adultère. Elle a ses contradictions, et elle est seule...

Seule face à tous ces hommes. Sans aucun répondant. Dites-moi, où est son amant? Il pourrait venir là et dire qu'il l'aime. Non, il la laisse seule, abandonnée, lâchée. Où est son mari? Il la laisse seule, lui non plus ne tient pas à elle.

Elle est seule physiquement, sans son amant complice. Elle est seule aussi moralement, face à la faute qu'elle sait avoir commise vis-à-vis de la loi du mariage (sinon vis-à-vis de son époux), le sentiment de sa culpabilité l'étreint.

Ni mari ni amant, personne qui, face à elle, lui dise sa vérité, lui parle, pour lui dire son amour, pour lui crier sa haine, mais lui parle! Non, c'est un article de loi que récitent les scribes et les pharisiens. D'ailleurs, pour eux, elle n'est qu'un

---

(2) Jean : Chapitre XVIII — verset 11.
Matthieu : Chapitre XXVI — verset 52.
(3) Jean : Chapitre XIX — verset 30.

instrument pour servir d'appât à Jésus, piège qui va le contraindre à donner tort à Moïse, se montrer faux prophète.

Jésus ne lui fait aucun procès. Il ne cherche ni à la faire avouer, ni à ce qu'elle se justifie ni même qu'elle plaide ses circonstances atténuantes ou qu'elle trouve un alibi. Tout est à l'intérieur. Rien n'est pour l'extérieur. Jésus est le seul qui pense à elle. Elle, petit animal traqué, est fascinée par ces hommes qui l'ont arrachée à la couche de son amant.

Ici, Jésus met chacun en route, non pas pour une action mais pour une réflexion, un nouveau regard en soi. « Au lieu de loucher vers la loi et de mépriser cette femme, regardez-vous. » Et les plus vieux, sans doute ceux qui ont le plus d'expériences, le plus de « bavures », se mettent en route les premiers. Ce sont peut-être les plus vieux qui sont les plus humbles, les plus vite vrais. Aucun ne se trouve sans reproche.

Est-ce qu'un homme dont l'esprit et le cœur ne sont pas titillés par l'adultère aurait pris part à ce remue-ménage de badauds ? Aurait-il glapi sur un flagrant délit d'adultère découvert dans la rue ?

Seul, le voyeur excité, qui veut paraître vertueux, crie tout en se réjouissant de la belle aubaine. Il s'est régalé de sa découverte en furetant au détour des ruelles, à travers les jalousies baissées, il a rameuté des comparses avides de fantasmes érotiques, mais il a, en même temps, levé le drapeau vertueux de gardien de la moralité.

L'attitude de Jésus est tout autre... Il éveille et ne censure pas...

Quand nous allons contre le sens de notre structure, c'est alors que nous péchons. Quelle est cette structure de notre être ? C'est se perdre en se donnant ! Nous sommes nés de la rencontre de deux êtres, spermatozoïde paternel et ovule maternel qui se sont perdus en nous donnant la vie. Fondamentalement, voilà le sens qui a présidé à notre existence. Fondamentalement, voilà l'ordre de notre structure. Voilà notre vérité !

Hélas, nous louchons sur des objets ou des personnes qui tentent nos sens au mépris de notre vérité ! Notre parole engagée librement, dans le mariage, par exemple, se perd alors dans les sables des attirances de tous les jours au mépris de notre structure, au mépris de l'axe éthique qui interdit de convoiter la femme d'un autre (1).

Jésus éveille et ne censure pas. Il éveille cette femme à sortir de son œdipe, en quittant l'adultère. Il l'invite à aller plus loin, à être plus lucide sur son désir.

Mais enfin, voilà bien une femme qui met en pratique, avant la lettre, la formule de Saint Augustin : « Aime et fais ce que tu veux »... et pourtant Jésus lui dit : « Ne pèche plus. »

Il y a dans votre question deux interrogations. La première : quels sont les rapports du désir et de la loi ? La seconde : qu'est-ce que pécher ?

Cette femme adultère est hors-la-loi. Vue par les hommes qui, depuis Moïse, ont fait la loi et l'ont commentée, cette femme doit mourir. D'après cette loi, l'homme aussi devrait

---

(1) Car convoiter la femme d'un autre, c'est revivre sans le savoir, son œdipe qui est de convoiter la femme d'un autre (le père), ou le mari d'une autre (la mère). Accéder à cette convoitise c'est aller contre l'éthique, la morale qui interdit l'inceste.

mourir! Puisqu'il y a flagrant délit, il y était aussi... Mais sans doute que les scribes et tous les commentateurs ont «oublié» une partie de la condamnation! On ferme les yeux sur la participation de l'homme.

Comme trop souvent, encore aujourd'hui, dans les palais de justice, lorsqu'une femme est convaincue d'adultère et que son mari porte plainte, lorsqu'une femme reste mère-célibataire sans le géniteur de l'enfant, lorsqu'une femme est violée, n'est-il pas fréquent qu'il se trouve des gens pour dire que, seule, la femme est en faute. Là aussi, on ferme les yeux sur la participation de l'homme.

Voici donc une femme qui a trompé son mari... Combien d'hommes voudraient tromper leur femme! Ils le font ou effectivement ou en imagination. Mais quels sont ceux qui admettraient que leur femme les trompe?

Ici, cette femme, par son acte, révèle aux scribes et aux pharisiens qu'ils ne sont pas d'abord amoureux de leur femme, mais qu'ils sont d'abord jaloux des autres hommes qui pourraient prendre leur femme ou jaloux de celui qui a «eu» cette femme qui est là devant eux : «Ce n'est pas juste! Pourquoi lui et pas moi? Heureusement qu'il y a la loi de Moïse!»

Ainsi, forts de la loi, tous ces hommes se découvrent justes et assurés face à cette femme qui est infidèle. Cette loi est leur miroir : puisqu'ils n'ont pas fait ce qu'elle interdit, c'est qu'ils sont vertueux. Dieu est avec eux puisque c'est lui l'auteur de cette loi, par l'intermédiaire de Moïse. Obéir à la loi de Moïse est, pour ces hommes, brevet de vertu.

Je me demande si ce geste de Jésus qui écrit sur la terre, sur le minéral-terre, n'est pas en référence avec la loi de Moïse, écrite, elle aussi, sur le minéral de la planète, sur des tables de pierre. Mais cette loi n'est pas inscrite dans le cœur de ces hommes, ni dans leur esprit.

Ils vivent des rêves adultères, ils caressent en imagination des possessions de femmes qui ne sont pas la leur... Et l'appel de la voix de Jésus au lieu vrai d'eux-mêmes fait alors s'écrouler leur «bonne» conscience.

Aucun d'eux, en vérité, ne se sent la conscience sereine lorsqu'il est appelé par Jésus à sa vérité spirituelle.

Jésus en appelle donc à la vérité de leur cœur et non à des comportements d'apparence...

En fait, Jésus est dans un peuple qui se conduit en «enfant»! Au lieu d'être enfants de Dieu et de devenir fils de Dieu jusque dans leur cœur et leur esprit, ils déjouent les lois «pas vu, pas pris»! Ils ne «parlent» pas «vrai». Ils ne «sont» pas «vrais».

Ainsi avec leur enfant, les parents ont à *dire* «vrai», à *être* vrais. A la fois «enseigneurs» de la loi et exemples de la loi. «Enseigneurs» de la vertu, ils déclareront aussi à leur enfant qu'ils ne sont jamais vertueux, même quand ils en ont l'air! Ils révéleront à leur enfant qu'ils sont limités et qu'ils n'arrivent pas à réaliser leur idéal de vie. Ceci soulagerait beaucoup d'enfants et peut-être éviterait beaucoup de névroses, aussi bien dans le monde juif, que dans le monde laïc et dans le monde chrétien.

Autrement dit, un enfant ne peut pas imaginer que ses parents qui font la loi à la maison ne la font pas forcément bien. Il ne peut envisager que ses parents, eux aussi, soient soumis à des lois et qu'eux aussi cherchent Dieu. L'enfant pense donc que bien appliquer la loi des parents est un label de vertu, comme ici, les pharisiens.

Mais quelle nouveauté apporte le Christ par rapport à la loi?

Bien appliquer la loi, surtout à soi-même, cela est un moyen de devenir vertueux.

Mais la loi n'est jamais un miroir. Ce n'est pas parce que j'obéis à une loi que «je suis» vertueux. Selon le Christ, la loi est dans le cœur et non dans les textes, dans l'esprit et pas seulement dans le comportement.

Mais regardons de plus près ce problème.

La première loi, la loi fondamentale, modèle de toutes les lois est la loi qui interdit l'inceste. Le père et la mère interdisent que le garçon «aille» avec sa mère ou ses sœurs, ils interdisent que la fille «aille» avec son père ou ses frères. Cette première loi qui concerne le sexe ne peut prendre sens qu'à partir du moment où l'enfant est au clair de la différence des sexes cette découverte se situe vers l'âge de trois ans.

J'ajoute que la compréhension de cette différence des sexes, est l'intelligence qui à partir de notre corps éveille notre esprit, car le sexe est le modèle fondamental de toutes les autres différences (1).

«D'où vient que mon père m'interdise ma mère?» se dit le garçon. Il découvre alors confusément ou inconsciemment que son père désire sa mère, que ce désir paternel fait barrage entre lui et sa mère, que jamais il ne pourra posséder sa mère et donc que le désir de son père fait loi.

Ce faisant, l'enfant prend une place, qui lui est propre, séparé de sa mère, séparé de son père. Étranger sexuel à ses

---

(1) Pour que cette première loi prenne sens, il faut encore que l'enfant ait découvert le plaisir sexuel. Son corps ému suscite une attirance pour un accomplissement génital. Avec qui? Pour un enfant l'attirance la plus naturelle s'aimante vers qui rayonne de perfection sexuelle et de puissance génitrice. Immanquablement ce corps-à-corps imaginé oriente son désir premier vers l'inceste, que l'enfant en ai conscience ou pas.

parents qu'il ne peut combler, il est limité dans sa vie par le désir de son père (ou de sa mère) et donc par le désir d'autrui (père et mère étant nos premiers «autres».)

S'il veut accomplir son désir sexuel, le garçon doit quitter sa famille et aller de par le monde à la recherche de qui ajustera son désir au sien sans jamais, bien sûr, pouvoir faire coïncider totalement son désir et celui de l'autre car le désir de chacun est forcément en quelque chose inadéquat à celui de tout autre.

Ainsi, vous voyez que l'enfant se découvre différent de son père ou de sa mère qui ont leur vie sexuelle à eux et il se découvre ressemblant, parlant leur langue, ayant comme eux, un désir sexuel. Il se révèle donc à la fois différent et semblable devant la loi interdisant l'inceste (1).

Si cet interdit de l'inceste n'existait pas...

Et si, existant, il n'est pas clairement signifié, l'enfant n'a pas de place! Il deviendrait psychotique ou gravement névrosé.

Admettons qu'un père ignore l'interdit de l'inceste, qu'il ait des rapports sexuels avec sa fille et qu'il en naisse un enfant. Comment cet enfant peut-il se situer?

---

(1) Si l'on précise à l'enfant quelles personnes lui sont interdites sexuellement, on donne valeur et sens à sa vie sexuelle et à la vie familiale :
— il est relations possibles de son désir sexuel.
— il est des liens de parenté ou d'adoption qui interdisent le corps à corps et l'engendrement.
C'est cette privation parlée et acceptée que sanctionne l'interdit de l'inceste qui ouvre la voie à l'amour des corps, du cœur et de l'esprit.

Son père n'a pas fait de différence entre sa femme et sa fille. La mère de l'enfant est la fille de son propre père. Son père devient alors le grand-père de l'enfant. Son père est le père de sa mère, celle-ci devient sa sœur à lui puisqu'ils ont le même père... etc. Cet enfant n'a pas de jalons, pas de points de repère pour se retrouver à sa place de fils ou de fille. C'est le tohu-bohu primitif, le chaos où il n'y a pas encore de séparation ni de différences (2).

C'est pourquoi, vous le voyez, la loi sert à séparer, à différencier, à mettre chacun à sa place pour qu'il puisse vivre son désir sans étouffer le désir de l'autre.

Si le père, quand il la convoite, «prend» sa fille, il vit alors son désir... Il... «aime» et fait ce qu'il veut! Saint Augustin doit s'en réjouir!

Je ne peux pas présumer de ce qui réjouit St Augustin, mais je ne crois pas que convoiter un objet sexuel soit à soi seul signifiance d'amour pour la personne.

Si la loi n'a plus comme fonction de permettre aux hommes de se séparer, de se sentir différents et de vivre différents, alors cette loi devient la loi du plus fort, de celui qui s'impose, qui force, qui viole, qui est toujours tout-puissant. Les autres ne peuvent vivre différents de lui, car ils sont tous absorbés par ce tyran ou soumis à son plaisir. La loi, c'est lui.

---

(2) Entre frère et sœur l'inceste a des conséquences autres puisque l'enfant qui en naît a quand même des parents et des grands-parents repérables. La difficulté pour lui sera de se situer avec ses collatéraux : oncles, tantes, etc.

La vie humaine avec lui est alors bloquée, remplacée par une vie animalisée. Il institue une société bloquée. Personne n'a son mot à dire, ni sa vie à faire, hors de son désir à lui, tyran, hors de son plaisir à elle, classe sociale... etc. Comme on le dit, « la raison du plus fort est toujours la meilleure », « les gros mangent les petits ».

C'est alors que la seule façon de s'en sortir est de « casser la baraque », car un désir bloqué par le bon plaisir de l'autre engendre l'agressivité qui, toujours bloquée, explose, ou contre l'autre et c'est la guerre, la révolution, ou contre soi, et c'est le suicide ou l'esclavage.

Vous semblez dire que les lois sont oppressions. Ne sont-elles pas libérantes aussi ?

C'est du désir suscité mais interdit d'accomplissement que le cœur humain naît à l'amour.

La loi qui interdit stimule dans le même mouvement. Voyez, du cannibalisme (1) interdit entre mère et enfant (et vice versa) surgit la tendresse et les paroles de tendresse. Du meurtre interdit entre rivaux, peut naître le négoce par échange, entr'aide, ou les recherches d'un accord, etc.

C'est donc bien du fait du désir, dans ce qu'il a d'inter-dit (2) que le langage a pu naître avec ces codes phonétiques et grammaticaux, porteurs de sens, messagers d'amour.

Aucune loi n'est faite pour les morts. La loi est créée pour

---

(1) L'enfant « voudrait » absorber sa mère et pas seulement le lait. La mère « voudrait » aussi réincorporer son enfant. On se « mange » et du regard et des mains signifiant par là une autre dévoration qui se dépasse.

(2) Interdiction reconnue comme dynamique d'un développement.

les vivants, les désirants. Jamais une loi ne peut viser à prohiber le désir, elle serait alors une loi pour les morts.

Une loi n'est valable que si elle interdit les modalités mortifères du désir, si elle condamne les expressions mortelles du désir, elle assure ainsi et fortifie l'évolution des désirants vers l'humanisation de leur désir : la responsabilité des actes, des paroles et de leurs conséquences.

Par delà des rencontres parfois impossibles des corps, le désir promeut rencontres fécondes de cœurs et d'esprits dans la culture, la créativité ; ces œuvres de cœur et d'esprit tiennent lieu des « œuvres de chair ».

Seule la loi de l'interdit de l'inceste n'évolue pas, elle reste toujours la même. Mais toutes les autres lois édictées dans les tribus, les peuples, les ethnies le sont pour que chacun vive son désir à sa place et d'une façon conforme à son meilleur développement, et au bénéfice du groupe dont il fait partie.

Comme les modalités du désir individuel, en nous, changent, évoluent, notre attitude d'individus réunis en groupes, envers les lois change et évolue aussi. Arrive un moment où les lois ne concordent plus avec notre désir, elles n'expriment plus tout à fait notre aspiration et ne sont plus adéquates à soutenir la vitalité des individus qui alors ne concourent plus de fait à la cohésion désirante de l'ensemble.

Au fur et à mesure que les individus affinent leur désir, veulent exprimer leur élan, ils modifient leurs mœurs et obligent le législateur, par paliers, à changer les lois qui ne sont plus en accord avec la manière d'être, la manière de vivre, de penser d'un nombre de plus en plus grand de gens.

Par exemple, jusque sous Louis XIV, une loi permettait au frère de tuer un homme qui avait regardé sa sœur avec désir. Jusqu'au siècle dernier, une loi permettait au père d'aller jusqu'à tuer son fils ou sa fille pour le «corriger»! Et maintenant encore, des lois nouvelles, toujours en évolution, bien sûr, rendent compte du changement des mœurs, des désirs et du sens de la responsabilité.

C'est pourquoi, à certains moments, il est des lois qu'il faut travailler à faire évoluer ou qu'il faut courageusement transgresser afin de pouvoir vivre et de permettre à l'autre de vivre.

Mais alors, pourquoi le Christ dit-il à cette femme adultère qu'il ne condamne pas : «va-t-en et, à partir de maintenant, ne pèche plus»?

Cela veut dire, me semble-t-il : «Ne t'arrête pas en route à te satisfaire de plaisir. Au-delà de ce plaisir c'est autre chose vers quoi tu es poussée, attirée et à quoi tu peux advenir.»

Le «péché», pour vous — et c'est la deuxième partie de ma question de tout à l'heure —, le «péché» pour vous, c'est aussi de s'arrêter?

Mais oui. Le Christ nous incite à ne jamais nous arrêter. Les pharisiens s'arrêtent : ils ont trouvé une loi définitive, intouchable! Tandis que les «pécheurs» que le Christ aime fréquenter et qu'il ne condamne jamais, sont ceux qui font l'expérience de leurs limites, de leur finitude.

Ils cherchent à posséder un objet, une situation, un homme, une femme, ils essaient d'aller jusqu'à l'extrême limite de leur recherche n'hésitant pas à prendre des risques, se sachant pécheurs, à transgresser la loi, à y perdre réputation, santé, que sais-je... ou s'ils réussissent conformément à leurs ambitions — pêcheurs réjouis — ils s'aperçoivent bientôt, s'ils continuent d'être des vivants que cet «objet» qu'ils ont obtenu après tant de peine et de risques ne suffit jamais... rien n'est jamais adéquat au désir de l'homme.

Les voilà pauvres, dépossédés de leurs illusions. Leur plaisir est insuffisant, il devient amer. Il leur faut reprendre la route et quêter ailleurs ou plus avant ou plus haut.

Ces «pêcheurs» ne sont pas comme les scribes et les pharisiens.

Exactement, ceux-ci possèdent la loi et la suivent, ils en sont devenus les objets. Ils sont riches, certains de leur vie et de sa récompense. Mais, pour Jésus, ces gens-là sont des morts, des «sépulcres blanchis» : s'ils n'ont pas osé faire l'expérience d'une déception et donc de la vie, car la vie déçoit toujours.

Ils ont misé sur la non-vie, sur la conservation : leur désir est dévitalisé et ils ont peur de ceux qui sont plus vivants qu'eux. Ils ont peur d'être contaminés par eux d'un désir vivant, qu'ils ont refoulé, mais non appris à maîtriser pour, de sa force vivante, créer la vie et l'amour entre les êtres.

La femme adultère est donc du côté de la vie : elle est en route même si elle semble tâtonner?

Bien sûr, c'est pourquoi la recherche d'un partenaire ou même la recherche des choses les plus matérielles peut faire partie de l'approche de Dieu. Rechercher une drachme, un mouton, etc., met en route vers Dieu.

Nous faisant dépasser notre besoin, le désir nous soutient à naître toujours au-delà de ce que nous avons. Au-delà de nos replis sur nous-mêmes, au-delà de nos retours sur nous-mêmes, qui nous arrêtent dans notre marche, le désir nous fait aller de l'avant par rebondissements permanents.

En résumé, les lois ne sont jamais définitives et nous permettent de nous séparer, de nous différencier des autres et de pouvoir vivre plus autonomes. Par contre, le péché, pour vous, c'est de s'installer dans du définitif.

C'est pourquoi, le Christ semble ne pas admettre que la loi de Moïse soit du définitif, de l'irrémédiable et il passe outre : « Je ne te condamne pas ». Est-ce bien cela ?

Pas tout à fait. La loi de Moïse reste vraie. Le désir adultérien reste prohibé, de même le désir incestueux dont il est une variante.

N'est-ce pas plutôt que cette femme n'avait pas été mariée selon son cœur ni selon la loi du désir sien dans sa chair ? Elle était mariée selon une loi juive, mariée par ses parents et les parents de son époux. Peut-être son mari avait-il possédé son corps mais il n'avait pas su fixer son cœur au sien ?

Est-ce qu'une femme qui est vraiment mariée selon son cœur et son esprit et sa chair peut tromper son mari ?

Est-ce qu'un homme qui est vraiment attaché à sa femme, choisie non d'après une loi écrite par d'autres, ailleurs, mais écrite en son cœur et parlée par sa chair, est-ce que cet homme peut délaisser à ce point sa femme qu'elle reçoive de lui si peu de satisfaction et qu'elle soit ainsi « tentable » par un autre homme ?

N'est-ce pas cela que le Christ veut dire quand il dit : « Je ne te condamne pas » ?

Il est homme. Il connaît la loi de Moïse. Ne pensait-il pas que les hommes transgressaient souvent cette loi en mariant leurs filles avec des partenaires désaccordés ? Était-ce Dieu qui les avait mariés ? Ou étaient-ce leurs petites lois de convenances, de coutumes, d'intérêts matériels ou de combines ?

En tout cas, sur la demande de Jésus, tous ces hommes qui accusaient cette femme se mettent à réfléchir, ils se mettent en question. Ils savent bien que, dans leur cœur, ils avaient déjà imaginairement accompli l'adultère. Cette femme est-elle plus coupable qu'eux ?

Elle est passée aux actes ; peut-être a-t-elle été moins lâche qu'eux dans ses désirs, ou plus malheureuse. Elle s'est au moins donnée, alors qu'eux se gardent mais prennent un plaisir imaginaire, tout en ménageant leur bonne conscience.

Jésus propose donc une nouvelle loi. Moïse condamne, Jésus sans condamner, remet en route le pécheur que les autres rejettent ou qui a honte de lui-même.

Jésus n'annule pas la loi, il est venu lui donner sens.

Cette loi, ici en question, n'est pas en mesure d'être appliquée si ceux qui la font appliquer sont plus pervers que ceux qu'ils condamnent. Cependant cela ne signifie aucunement l'annulation de la loi.

Jésus veut que non seulement une loi soit en mesure d'être appliquée mais qu'elle aille dans le sens du désir de chacun. Il met de l'humain en tout.

Moïse était bien obligé de faire des lois pour créer un peuple.

Bien sûr, les lois structurent les peuples et les individus. L'enfant, sans interdit ni direction deviendra un adulte immature. L'enfant, qui par obéissance déréglée enchaîne son désir au désir de qui détient l'autorité, devient invertébré. N'ayant rien à rejeter de son enfance ou ne pouvant braver l'autorité, l'enfant se répand, toute sa vie, dans l'instabilité, l'angoisse et le manque de hiérarchie intérieure qui caractérise l'éthique humaine. Il devient névrosé ou délinquant.

Il en est de même pour les peuples. Les lois façonnent une communauté et la séparent des autres communautés, marquent des différences ou des scissions. Nous en avons besoin pour vivre, tout comme de la différence des sexes.

C'est dans la différence que peut naître une communauté?

Oui par sa différence avec une autre qui suscite son intérêt.

Tout comme dans la vie du couple... C'est parce que l'homme et la femme sont différents qu'ils peuvent tenter de créer un accord, une unité. L'«unisexe» est une confusion, non pas une communion.

Mais justement dans cet évangile, les pharisiens marquent bien la différence entre cette femme et les hommes. Il y a elle et il y a eux.

Oui, mais ils ne permettent pas à la femme de vivre selon son désir ou de cheminer selon son itinéraire. Ces hommes veulent que cette femme subisse la sanction de la loi. Ce serait pour eux une sécurité. Non condamnée, ne serait-ce pas une brèche dont profiterait «leur» femme? L'ombre de leur cocufiage se profile menaçante, si cette femme adultère échappe au flagrant délit.

Ils déclarent cette femme pécheresse devant la loi du mariage; elle l'est, c'est vrai! Eux, le sont aussi. Jésus le leur fait comprendre. C'est en cela qu'il est, ce jour-là, subversif puisqu'il fait comprendre à ces hommes, sujets de cette loi, qu'ils sont aussi pécheurs que la femme et qu'ils ne sont donc pas habilités à la blâmer, bien que la loi reste la loi!

A l'époque de Jésus, les femmes vivaient dans une société bloquée quant au désir sexuel et quant à leur vie de cœur : on leur imposait leur époux. (Il en était de même pour les hommes.)

Cette femme a été adultère, elle se sent coupable devant la loi des hommes qu'elle a acceptée peut-être comme un enfant qui ne peut pas faire autrement que d'accepter, subir la loi des hommes. Jésus lui ôte ce sentiment de culpabilité et lui dit : «Ne pèche plus.» Mais à ces hommes qui voulaient la lapider, il leur a fait entendre par eux-mêmes (car ce n'est pas lui qui le leur dit), qu'ils étaient aussi pécheurs sinon plus que cette femme qui avait été — on ne sait comment — provoquée à l'adultère.

Mais, je ne vois pas que Jésus, dans ce récit, ôte à cette femme, ni son sentiment de culpabilité, ni son péché réel. Il lui donne le conseil de ne plus pécher et peut-être, par l'attitude qu'il a manifestée, le moyen de maîtriser son désir et sa faiblesse. Il l'a sauvée de la mort physique. Il lui a fait connaître son amour, son humanité. Cruelle expérience pour elle après l'égoïsme de son amant fuyard et la haine de ces impudiques autour d'elle !

Mais, comme vous le dites : «la loi, c'est la loi», et Jésus dit quelque part, parlant de l'union de l'homme et de la femme : «Que l'homme ne sépare pas ce que Dieu a uni. (1)» Vous semblez accuser ces hommes et excuser cette femme; pourtant Jésus dit bien, par ailleurs, de ne rien désunir quand c'est Dieu qui a uni.

---

(1) Marc : chapitre X — verset 9.

Je n'accuse personne. Je n'excuse rien. Je réfléchis au sens de tout cela.

Mais ceux que Dieu a unis, qui le sait? Les conjoints le savent-ils eux-mêmes dans l'intimité et de leur cœur et de leur maison et de leur chambre à coucher?

Vous le savez, les humains ont un sentiment de pécher quand ils vont contre les lois des hommes qui sont des lois de conservation et de stabilité. Ne pas aller dans le sens que Dieu insinue dans le cœur de chacun : voilà peut-être le grand «péché»! Et pour moi, ce sens se confond avec le désir.

Qui peut savoir si ceux que Dieu unit sont toujours les conjoints qu'unit aux yeux des hommes la loi du mariage? De quoi donc, pour ce qui est du cœur et de l'esprit, les hommes peuvent-ils être témoins?

La procréation elle-même, preuve de consommation du mariage, n'est aucunement preuve de mariage, mais seulement d'accouplement fécond.

Mais alors, si les lois humaines sont des lois de conservation, il nous faut, pour suivre notre désir, pour aller de l'avant, changer sans cesse, changer de partenaire parce que, tout à coup, il n'y a plus de dialogue ou d'harmonie sexuelle, changer de métier parce que le chef de service devient acariâtre...! Changer, toujours changer?

Non. Il ne faut pas confondre notre désir profond en ce qu'il a d'essentiel, sur quoi se fonde notre vie et les désirs partiels qu'expriment les plaisirs et les joies d'un moment. Pour découvrir et vivre notre désir, il nous faut du silence, de la réflexion, des expériences et un long temps.

Changer pour changer, c'est papillonner pour éviter bien

souvent la désillusion, la déception, l'inassouvissement d'un être, et c'est éviter d'aller plus loin.

L'expérience de nos limites et l'expérience des frontières de l'autre nous permettent de faire surgir notre désir autre ou de le sublimer, comme on dit, c'est-à-dire de lui permettre de devenir créatif, inventif en d'autres domaines que celui de sa première émergence où nous briguions de le mener à son accomplissement mais où nous avons échoué.

Le désir peut donc se tromper en s'exprimant. On croit vivre son désir et on s'aperçoit que ce n'est qu'un ersatz de joie ou de plaisir qu'on est en train de vivre.

Ce n'est pas parce que le désir se trompe ou tâtonne qu'il ne faut pas essayer de le vivre, travailler à le mieux connaître au lieu de faire le mort pour vivre.

Dieu, renouvellement constant des êtres, nous invite à nous renouveler constamment, les uns avec les autres. Jésus nous incite à repenser les lois écrites sur l'adultère, sur le mariage, sur le divorce, « en esprit et en vérité », c'est-à-dire que nous les reconsidérions dans l'esprit du mariage, qui est esprit d'amour insufflé au cœur et au corps des hommes et qui se manifeste par le désir de vivre et d'œuvrer en couple.

Alors qu'est-ce que le mariage?

Vraiment, nous ne savons pas ce qu'est le mariage..., ce désir vivant dans un couple, ni possession, ni habitude. Cela existe... c'est mystérieux. Nous ne savons pas ceux que Dieu unit.

Vous connaissez comme moi, des êtres qui, unis dans le mariage par l'esprit, le cœur, la chair, se donnent joie, force et courage pour vivre. Vous connaissez aussi, comme moi, des êtres unis par l'esprit, le cœur, la chair et qui non légalement mariés ensemble se donnent joie, force et courage pour vivre... Ils disent tous, à leur manière, leur désir de vivre et d'aimer, et de risquer dans la confiance. Tous ont une parole d'amour à exprimer.

Comme cette femme adultère de l'Évangile qui aurait son mot à dire, son désir à exprimer?

Oui, mais ces hommes de loi ne veulent pas reconnaître que cette femme a son mot à dire.

N'existent qu'eux, superbes, conquérants, adolescents.

Le pharisien et
le collecteur d'impôts

Évangile selon Saint Luc
Chapitre XVIII — versets 9 à 14

Il dit encore cette parabole pour ceux qui, en eux-mêmes, se flattaient d'être conformes aux règles et méprisaient les autres.

Deux hommes montèrent au temple pour prier. L'un était pharisien, l'autre collecteur d'impôts.

Le pharisien, tout redressé, priait ainsi en lui-même : «Dieu, merci à toi de ce que je ne suis pas comme le reste de l'humanité qui est rapace, contestataire, adultère ou encore comme ce collecteur d'impôts... Je jeûne deux fois par semaine, je donne le dixième de mes revenus.»

Le collecteur d'impôts, se tenant à distance, ne voulait même pas lever les yeux au ciel mais il se frappait la poitrine en disant : «Dieu, sois indulgent avec moi, pécheur que je suis.»

Je vous dis que par rapport à l'autre, celui-ci s'en est retourné chez lui innocenté.

En effet, celui qui s'élève sera écrasé et celui qui «s'écrase» sera élevé.

L'Évangile au risque de la psychanalyse

Gérard Sévérin

Voilà une parabole qui peut paraître bien étrange : un homme religieux est condamné, un pécheur est disculpé !

En effet, le pharisien est un homme religieux, un « séparé » comme le nom l'indique, une espèce de moine vivant parmi les gens. Celui de cette parabole est un homme vraiment « bien ». Il est une espèce de héros : il donne 10 % de ses revenus. Il est courageux, honnête. Il jeûne deux fois par semaine...

Françoise Dolto

Il est « vraiment bien », dites-vous, mais il est vraiment bien par rapport à qui ? Par rapport à quoi ?... Par rapport à la loi !

Il se place devant une loi et s'y regarde. Cette loi est son miroir. Il s'y retrouve ! La loi « réfléchit ». La loi pense pour lui. Le voilà donc irresponsable mais heureux : la loi reflète son image. Il s'y contemple. Il ne lui manque rien.

De plus, il faut que les autres fassent comme lui : le pharisien sait comment il faut obéir à la loi. Les autres doivent l'imiter. Hors de son interprétation, pas de salut : lui seul l'explique bien et la vit bien. Les autres sont « rapaces », « adultères », etc. En un mot, il est « conforme aux règles », à la loi édictée, prescrite, mais ce n'est pas loi du désir, c'est l'orgueil, peut-être même pas, car dans l'orgueil pointe une fragilité, une menace de manque qui suscite la tension du désir. Ici, c'est la vanité satisfaite.

Il sait ce qui est bon que les autres vivent, il sait à la place des autres : il veut leur bonheur malgré eux !

Oui, il est plein de sa suffisance, c'est la confusion du désir avec le besoin.

Aujourd'hui encore... Combien d'hommes qui «font la loi» chez eux savent à la place de leur femme ce qu'il est bon qu'elle vive... «Ma femme-à-la-cuisine», «ma-femme-au-bureau», «ma-femme-poupée-», etc.

Combien de femmes savent à la place de leur mari ce qu'il doit vivre : «mon-mari-pas-de-politique», «mon-mari-qui-doit-monter-en-grade», «mon-mari-qui-doit-aider-au-ménage»...

Combien de parents savent tout à la place de leur enfant! Combien de parents veulent que leur enfant aime ce que, s'ils étaient lui, ils aimeraient, ou aiment en lui, dans sa réussite, ce qui les flatte et le méprisent dans ses échecs et ses épreuves.

Combien de militants de syndicats, de partis, de religions, d'idéologies savent qu'ils détiennent la vérité ou du moins savent ce que les autres doivent penser et comment ils doivent vivre !

Le désir se gère comme un budget, par un spécialiste des barêmes d'intérêts raisonnables. Moïse, le patron-chef est content de son administré. Pourquoi pas? Mais où est la vie, le désir, l'amour?

Dans ce récit est présenté un pharisien obsessionnel : rien ne lui échappe de sa vie puisqu'il s'est identifié à la loi. Automate programmé par les règles, il est sans conflit vivant. Mais pourquoi Jésus montre-t-il l'autre, le collecteur d'impôts, blanchi, pardonné?

Un peu plus haut dans ce texte, il y a un autre passage d'évangile qui nous aide à comprendre ce que veut dire Jésus :

105

« Malheureux que vous êtes, pharisiens, dit Jésus, vous donnez le dixième de la menthe et de la rue (1) et de tous vos légumes et vous passez à côté de la justice et de l'amour de Dieu. Il faut faire ceci, sans laisser de côté cela (2). »

Vibrer de justice et d'amour comme Dieu père ou Jésus frère et non pas vivre les yeux sur un barème, le cœur rivé à un catalogue en voulant imposer à l'autre la parcelle de vérité ou d'amour qui serait nôtre.

Autrement dit, donner 10 % de ses revenus pour être content de soi, c'est bien « malheureux » comme dit Jésus, si c'est l'unique raison du contentement de soi qui, de plus, bloque le dynamisme du désir. Mieux vaudrait dépenser pour le plaisir de rencontrer des gens et avec eux faire la fête! Souvent il est mentionné d'ailleurs que Jésus « mange » et boit avec des gens (3), et que les pharisiens le lui reprochent.

Il me semble que ces pharisiens — dont nous sommes — appellent vertu : polir son image et jouir de sa réputation. Ils passent à côté des autres : la loi les dispense, croient-ils, du contact des autres pour vivre, de ceux qui vivent autrement qu'eux. On dirait une ségrégation de classe.

On ne peut atteindre Dieu qu'en « touchant » le corps de l'autre (4), communiquant par les sens avec l'autre, par la vue, l'ouïe, etc. En écrivant, en téléphonant, je « touche » l'autre dans son corps et son cœur. En collant des affiches,

---

(1) Rue = plante herbacée, vivace.
(2) Luc : Chapitre XI — verset 42.
(3) Luc : Chapitre XV — verset 2.
(4) Matthieu : Chapitre XXV — versets 31 à 46.

en vendant un journal, en se démenant dans un combat politique ou syndical on «touche» l'autre.

Il n'est point de désir humain vrai s'il n'engage l'être tout entier. Alors il ne reste plus de place, plus de temps pour se penser «vertueux» ou conforme aux lois.

C'est pourquoi Dieu «touche» l'homme, il rencontre l'homme en s'incarnant, en prenant corps. C'est Jésus, notre «contact» avec Dieu. Et, bien sûr, nous ne pouvons rencontrer Dieu qu'en passant par autrui. Sinon, c'est de l'illusion, du rêve.

Quand nous nous heurtons à l'autre, quand notre désir au sien devient indifférent, quand nous n'avons plus «besoin» de l'autre, alors, nous pouvons commencer à être sensible à cet autre, à nous mettre en question, à communiquer.

C'est avec l'autre et par l'autre que notre savoir de besoin, de désir s'affine. Si le besoin est davantage plaisir de corps et le désir, notion plus subtile, de communion, de communication créative, c'est par mutation humanisante que cette distinction dialectique nous relie les uns aux autres.

Le besoin est premier, car nous sommes d'abord rivés à notre corps qui a ses exigences ; le désir est une métamorphose du besoin, c'est-à-dire un courant de communication vitalisant pour le cœur et l'esprit entre deux êtres de chair. Nous passons du plaisir du corps à la joie de communiquer. C'est une mutation.

Par exemple, au début de sa vie, le bébé a besoin du lait de sa mère pour vivre. Cela lui est indispensable. Le lait, le sein, la mère, tout est alors confondu dans un même besoin qui apporte plaisir à se satisfaire. Quand le bébé n'a plus besoin du lait de sa mère, quand il n'a plus besoin du lait que lui donne sa mère, on pourrait dire au sens strict, qu'il n'a plus besoin de « sa mère » pour vivre physiquement. Il va alors pouvoir aimer une personne, sa mère en l'occurence. Du besoin, il accède au désir. On peut donc dire : quand il n'a plus besoin, il peut authentiquement aimer...

Quand s'opère cette mutation du besoin en désir, nous sommes au seuil de la vie spirituelle, de notre vie avec Dieu. Pour moi, la vie de la foi est dans la ligne du désir qui est espérance de rencontre dans l'amour.

Tout ceci me fait penser aux gens qui se disent avoir besoin l'un de l'autre pour vivre. « Sans toi, je ne pourrais pas vivre. Je m'abreuve de toi. » Quand leur trésor disparaît, ils sont disloqués pour un temps mais ils arrivent à survivre, puis à revivre et enfin vraiment à vivre. C'est dire qu'ils s'aperçoivent qu'ils n'avaient pas « besoin » de l'autre pour vivre. Ils découvrent que ce qu'ils cherchaient en l'autre et qui, croyaient-ils, les faisait vivre, était encore autre chose.

Et c'est la souffrance de l'avoir perdu qui leur a enseigné que puisqu'ils survivent ce n'était pas le besoin qui était en cause mais l'amour, en eux blessé, toujours vivant.

N'est-ce pas cela la résurrection... de chacun, l'éveil au désir sans fin ?

La formule « ne pas avoir besoin de l'autre pour vivre », par exemple, de mon mari ou de mon enfant, peut apparaître choquante et pourtant, elle est juste.

Quand on dépasse le besoin d'avaler l'autre, de le consommer, de le voir, de le toucher, on accède alors davantage au désir et, ainsi, à l'amour. Les valeurs évangéliques sont toujours des valeurs de rencontres vitalisantes entre personnes et donc des rencontres de désir : Jésus nous incite à dépasser ce qui est circonscrit ou borné à notre corps et sans pour autant lui dénier sa valeur. C'est cela, sa révélation.

C'est pourquoi, dans cette parabole, il est dit que donner son temps ou son argent parce que c'est la règle, c'est bien «malheureux». Une loi qui dispenserait d'échanger avec «justice» est à abolir.

Ainsi donc, le collecteur d'impôts est exemplaire parce qu'il va avec les autres...

Je m'explique. Le pharisien rencontre une loi, s'alimente de textes, prend pour guide un code, ce qui, croit-il, le dispense de faire l'expérience de ses besoins, de se rencontrer lui-même, et de se laisser «toucher» par les autres. Il vit uniquement dans l'ordre abstrait et aseptisé de la loi-règlement. Il est fait pour la loi.

Et Jésus dit le contraire : c'est la loi qui est faite pour l'homme et non l'homme pour la loi.

Cette loi doit donc sans cesse être aménagée. Elle doit évoluer selon les transformations de l'homme et de la société. Toute loi est un outil dont on se sert un moment, qu'ensuite on dépasse et qu'on abandonne. La loi n'est jamais un but dans l'évangile, de même la «Sainte Règle» des moines, c'est un moyen par lequel peut s'ordonner pour s'exprimer notre désir à un moment donné mais qu'il faut dépasser sinon elle devient tabou et fait de nous les fétiches valeureux de la loi. Le moyen est pris pour fin. La lettre tue, c'est l'esprit qui donne la vie.

Ainsi, ce collecteur d'impôts et les autres «pécheurs» tous dédaignés et dénigrés par les pharisiens, se rencontrent entre eux et avec

Jésus qui «mange avec eux» (1). Au lieu donc de rencontrer une loi, ils se rencontrent. Mais qu'y a-t-il là de si important?

Dans ces repas fraternels s'exprime la dynamique du désir : ils ont besoin de manger, ils demandent à être rassasiés, ils désirent être reconnus, les uns par les autres, aimés, intéressants, ils désirent compter pour les autres. Autrement dit, chacun désire être engendré, connu, révélé par l'autre digne d'estime.

Ainsi, je dépends de l'autre car c'est l'autre qui me suscite comme ayant du prix, il me rassure en m'assurant que je suis quelqu'un pour lui... et l'autre s'accorde à moi pour les mêmes raisons, fraternellement.

Jésus, un prophète, partage le repas de tous ces rejetés de la vie religieuse. Quel label de valeur pour eux! Ils admirent Jésus et Jésus, vivant au milieu d'eux, les attire à lui. Il a foi en eux.

Et pourtant, il est noté que ce sont des pécheurs. Ce collecteur d'impôts est un pécheur!

On lui reproche un «péché» inhérent à sa profession. Ces collecteurs d'impôts percevaient plus d'argent que le gouverneur ne leur en demandait. Ils se «payaient» ainsi de leur travail, ils prenaient ainsi leur salaire. Bien sûr, beaucoup exploitaient leur situation et commettaient des abus. Je pense que, de ce fait, on reprochait aux collecteurs d'impôts un «péché» inséparable de leur profession comme maintenant aux policiers, aux bourreaux, aux militaires, etc.

---

(1) Luc : Chapitre V — verset 29.

Sans entrer dans les discussions concernant les métiers jadis permis ou interdits aux chrétiens, je dirais que cet homme, personnellement, n'est pas plus pécheur qu'un autre. Il se croit et se dit pécheur. C'est différent!

En effet, il lui a été inculqué par sa religion qu'il est pécheur. Il en est convaincu mais il souffre de se sentir brouillé avec Dieu qui est toute son espérance. Il se sait homme indigne. Il a perdu son honneur. Il a perdu la face et il le dit à Dieu et Jésus lui rend sa face. Il est innocenté. A sa vie (de pécheur) qu'il retourne en paix.

Pécheur ou non, que l'homme soit un désirant jamais satisfait.

Jésus est venu abolir du désir tous les sentiments de culpabilité dont il était encombré.

Pourriez-vous dire un mot pour expliquer ce qu'est le sentiment de culpabilité?

C'est une question énorme!

On pourrait le définir comme un ver rongeur dans le cœur, un état affectif, un sentiment diffus d'indignité personnelle parfois sans relation avec un acte précis répréhensible, avec un acte de nuisance volontaire.

Mais celui qui se sent ainsi indigne se fait des reproches, puis cherche à quoi accrocher ces reproches. Comme le plaisir angoisse, comme la transgression ou la désobéissance angoisse, il se dit que là, il y a matière à reproches. Il se sent donc coupable. Il ne s'aime plus. La déception de soi-même est parfois si profonde que tout désir ou même tout désir de désir en est paralysé.

Certains considèrent leurs échecs comme des «péchés»;

111

en effet, ils souffrent de leurs échecs. Cette souffrance et leur insuccès sont, pensent-ils, mérités sur un plan moral. Ils ne l'ont pas mérité, par exemple, par mauvais calculs mais parce qu'ils devaient être punis. Ils projettent leur angoisse sur leur avenir. Leurs échecs n'est pas pour eux une expérience positive.

D'autres font souffrir autrui de par la vie, par leur seule existence, ou encore par leur vitalité sans intention de nuire, sans malveillance. Parce qu'ils voient, par exemple, leur mère pleurer à cause de leur choix de vie, ils s'imaginent mauvais enfants, se sentent coupables de l'angoisse de l'autre qui les angoisse en retour.

Tout ceci freine la marche du désir, étouffe et étiole le sens de la vie. Jésus nous dit, je le rappelle, qu'avec lui tous ces «péchés» sont pardonnés, remis. Il faut dépasser ces états affectifs et ces sentiments d'indignité, de culpabilité.

Forcément, quand on vit, quand on essaie de rencontrer les autres, de lutter pour s'en sortir, etc, il y a des hésitations, des tâtonnements, des bavures.

Avec Jésus, il n'y a donc plus de loi? On fait ce que l'on veut? On réalise son «bon plaisir»?

Oui... et non. Pourquoi pas? Saint Augustin, vous l'avez rappelé, ne dit-il pas : «Aime et fais ce que tu veux.» Cette phrase a fait peur à des générations d'hommes «religieux»... Mais elle est évangélique. Aime et vis ton désir.

Pour vous, notre seule loi, c'est Jésus-Christ? Notre seule loi c'est l'amour de Jésus-Christ?

Oui, notre seule loi, c'est Jésus-Christ parce que lui seul, par sa « loi » d'amour, libère le désir de l'homme. Il ne l'enferme pas dans des règlements intouchables.

Aime et accepte tous les risques... Toute l'histoire de Jésus est marquée par des transgressions de la loi. Ces violations paraissaient immorales aux gens à courte vue. Bien sûr, c'est « immoral » que d'aller contre la loi des hommes mais, si celui qui transgresse désobéit par désir, parce qu'il se sent le devoir d'accomplir ainsi sa vie au risque d'être qualifié de traître ou d'excommunié par les gens qui affirment commander au nom de Dieu... Celui-là alors vit de l'Évangile de Jésus-Christ.

Bien sûr, comme je le disais, il y a encore des lois pour vivre en société et pour nous structurer moralement au cours de notre croissance mais ces lois ne sont pas des tabous. Jamais une loi humaine ne donne une réponse définitive. Il nous faut la — et nous — mettre en question sans cesse, peut-être la bousculer pour qu'elle nous permette d'ordonner au mieux, je veux dire dans sa vérité, la recherche de notre désir et celui du plus grand nombre. Cela, bien sûr, sans croire que notre vérité est celle de l'autre, ni bonne pour lui.

Que la loi ne soit jamais une idole — il faudrait alors la déboulonner. Qu'elle soit un repère pour vivants et non un repaire pour « vertueux ».

Vous avez tenté d'expliquer ce qu'est un sentiment de culpabilité. Pourriez-vous maintenant, après le récit de la femme adultère et cette parabole du pharisien et du collecteur d'impôts, développer le rapport entre le désir et le péché ?

C'est encore une question énorme !

Je crois que le désir humain résulte d'un réseau de

contradictions et d'inconséquences à travers lesquelles chacun de nous fraie son chemin à la recherche du plaisir, inconscient d'abord puis conscient, et du bonheur.

Ces tâtonnements contradictoires proviennent de notre longue période de dépendance vitale, quand nous étions enfants, à d'autres humains : ces adultes protecteurs, modèles et professeurs. Ils nous ont en effet enseigné leur manière de parler et d'aimer. Mais leur langage d'adultes était hélas inadapté à la sensibilité d'enfants en croissance. De cette inadéquation sont nés, me semble-t-il, tâtonnements, hésitations, essais, dénégations et contradictions.

Ainsi, s'exposer à la mort n'est pas ressenti comme un danger pour le désir d'un enfant. N'est-ce pas contradictoire pour nous, adultes, qui ressentons la mort comme un des plus grands drames de l'existence et la fin de la vie du désir ?

Sur la route de la vie, le plaisir lié aux risques mortels est un fait d'observation quotidienne.

Habituel est le risque de mise à mort des autres, même bien aimés, à cause de notre recherche de plaisir ! Voilà la contradiction humaine !

C'est là que se glisse le sentiment du péché : qu'il le sache ou non, c'est ce sentiment qui fait qu'un père de famille va négocier son plaisir de vitesse, par exemple, et la transgression du code de la route. Ce commerce entre le plaisir du conducteur et la sécurité des voyageurs oblige le législateur à sanctionner les pères de famille qui n'ont pas le sentiment de leur responsabilité et ceux qui ne se sentent encore responsables que d'eux-mêmes. Devant la loi du code de la route, ils ont à répondre s'ils ont respecté ou non la vie des autres.

Allons plus loin dans notre recherche. Si, vis-à-vis du code, nous faisons une erreur, non consciente, si nous provoquons un accident ou la mort par suite d'une erreur non consciente de conduite, nous nous sentons tout de même responsables. Et si, consciemment, volontairement, nous avons transgressé les lois du code de la route et occasionné accident ou mort, non seulement nous nous sentons responsables mais coupables.

Il peut donc y avoir un péché imaginé qui donne à l'homme le sentiment faux de sa culpabilité?

Bien sûr! Il peut y avoir vertu avec sentiment de culpabilité incompréhensible pour autrui. Le fantasme n'est pas la réalité et la réalité peut ne s'accompagner d'aucune perception consciente.

D'où vient alors ce sentiment de péché?

Ni les lois, ni les paroles n'ôtent au désir sa force fantastique pour rechercher le plaisir. Il nous pousse à rencontrer les autres, à communier avec eux pour en recueillir sensation de jouissance et sentiment de bonheur.

Mais notre désir, parce qu'il est intense, nous apporte bien souvent amère déception au lieu du plaisir attendu. Et l'échec total ou relatif de cette rencontre laisse tristesse et douleur qui sont sources d'un sentiment de culpabilité. La souffrance d'insatisfaction provoque — qu'il y ait ou non erreur dans la visée du désir — sentiment et fantasme de faute.

Il y a aussi sentiment de culpabilité quand l'accomplissement d'un désir (partiel) n'a procuré que jouissance solitaire sans partage, quelle qu'en soit la raison.

Vous disiez : « Il faut, à certains moments, courageusement transgresser afin de pouvoir vivre... (1) » Pourtant Jésus dit à la femme adultère : « Ne pèche plus ».

Tout d'abord, transgresser une loi courageusement peut-être éprouvé comme une faute par qui transgresse. Mais il choisit, dans les contradictions qu'il vit, dans l'enchevêtrement de ses désirs partiels, la solution de transgression. Un autre, ressentant les mêmes contradictions trouverait peut-être la solution tranquille en renonçant à ses désirs!

Mais, en définitive, pour vous, qu'est-ce que le péché?

Il me semble que le péché c'est cette contradiction inhérente à notre vie humaine : nous essayons de vivre notre désir mais la peur de s'y risquer, les événements qui barrent notre route, la violence de notre dynamique, l'éthique de notre groupe, les facilités du chemin nous arrêtent. Ces contradictions font chuter notre élan, le coïnce... C'est cela le péché, qui n'est peut-être pas le fait d'un acte volontaire de notre conscience : on ne peut pas faire autrement que de pécher!

D'une manière abrupte je dirais : vivre c'est pécher. S'installer dans le péché, c'est mourir.

En effet, si, de nos contradictions paralysantes, nous essayons, par amour exigeant, de sortir, alors nous nous remettons en marche dans le sens de notre structure comme je le disais plus haut.

_____

(1) Nous développerons ce problème de la transgression dans un livre ultérieur.

Quand Jésus dit à la femme adultère : « Je ne te condamne pas, va et ne pèche plus », il la réintègre.

Elle restait coincée dans un plaisir, esclave d'une loi, paralysée dans sa vie... Arrêtée. Au lieu de la lapider, il la remet dans la vie, il la remet en route, il la réintègre dans sa loi à elle (1).

Le péché est une expérience. Le péché est une paralysie d'un moment. « En avant, dit Jésus, ne sois plus paralysée... »

_____

(1) cf. p. 82.

Le riche
et Lazare

Évangile selon Saint Luc
Chapitre XVI — versets 19 à 31

Un homme était riche. Il s'habillait de pourpre et de lingerie fine. Chaque jour, il faisait fête dans le faste.

Un pauvre, du nom de Lazare, affalé devant son porche, était couvert de plaies suppurantes. Il désirait se rassasier de ce qui tombait de la table du riche... mais même les chiens venaient lécher ses plaies.

Il arriva que le pauvre mourut et fut emporté par les anges dans le sein d'Abraham. Et le riche aussi mourut et on l'enterra. Dans le séjour des morts, il était à la torture.

Levant les yeux, il voit, de loin, Abraham et Lazare dans son sein. Il se met à crier : «Père Abraham, pitié pour moi. Envoie Lazare, qu'il trempe le bout de son doigt dans l'eau et qu'il me rafraîchisse la langue parce que je suis torturé dans ce feu.»

Abraham lui dit : «Fils, souviens-toi que pendant ta vie tu as reçu tes biens comme Lazare ses malheurs. Maintenant, il est ici consolé et toi supplicié».

Et avec tout cela, entre nous et vous, il y a un gouffre

béant de sorte que ceux qui veulent passer d'ici vers vous ne le peuvent ni traverser de là-bas vers nous.»

Il dit : «Je te demande donc, Père, de l'envoyer dans la maison de mon père — j'ai, en effet, cinq frères — pour qu'il les avertisse et qu'ils ne viennent pas, eux aussi, dans ce lieu de souffrance.»

Abraham dit : «Ils ont Moïse et les prophètes. Qu'ils les écoutent.»

Il lui répondit : «Non, Père Abraham, mais si quelqu'un vient de chez les morts vers eux, ils changeront de vie.»

Il lui dit : «S'ils n'écoutent ni Moïse ni les prophètes, même si quelqu'un se lève de chez les morts, ils ne seront pas convaincus.»

Gérard Sévérin

Un homme est riche. Il ne fait de mal à personne. Il jouit de sa vie, de son argent. Il va jusqu'au bout de ses besoins, de ses désirs. Il n'a pas d'autres désirs que le luxe et la bombance. Et le voilà condamné : il est torturé. N'est-ce pas en contradiction avec ce que dit Jésus par ailleurs ?

Françoise Dolto

Cet homme n'est pas condamné parce qu'il fait bombance et s'habille richement. Il est condamné parce que lui, le possédant, n'est pas entré de son vivant en communication avec l'autre, le démuni, ici, Lazare. Ce riche vit en circuit fermé à l'intérieur de son égoïsme, avec sa famille. Vivre ainsi, est-ce vivre en humain ? L'humain, je le redis, est un être de communication avec les autres et pas seulement avec les siens.

Avoir « l'esprit de famille » est-il condamnable ? Ne s'occuper que de ceux de son pays, de son groupe, est-il insuffisant ou peu évangélique ?

Jésus nous dit que tout être humain, quel qu'il soit, est notre semblable et pas seulement ceux qui vivent comme nous et... que nous considérons comme « semblables » à nous !

Jésus dit en effet : « Aimez vos ennemis, priez pour vos persécuteurs afin d'être les fils de votre Père qui est au cieux, qui fait lever le soleil sur les méchants et sur les bons et pleuvoir sur les justes et les injustes. Si vous aimez ceux qui vous aiment, quelle récompense en aurez-vous ? (...) Si vous

121

saluez seulement vos frères, que faites-vous là d'extraordinaire? Les païens n'en font-ils pas autant? Vous, soyez parfaits comme votre Père du ciel est parfait (1). »

« Aimer son ennemi »... quel programme de vie, n'est-il pas vrai? Ici, dans cette parabole, le riche de son vivant est pire qu'un ennemi car entre ennemis il y a des contacts, entre ce riche et ce pauvre, il n'y a pas de contact! Le riche ne l'a ni vu, ni entendu... et il vivait à sa porte! Totale indifférence.

« Aimer ses ennemis, prier pour les persécuteurs »... N'est-ce pas mener son existence à coups de volonté? Aimer un ennemi, ne va pas, c'est sûr, dans le sens de mon désir!

Certainement. C'est volontariste. Comment aimer nos ennemis! Si nous aimions nos ennemis, nous ne pourrions pas nous construire. En effet, au départ de notre vie, nous serions en fusion complète avec notre contraire. Nous ne nous distinguerions plus de ce que nous rejetons de nous... sur l'autre. C'est une étape de notre construction.

Mais, avec plus de maturité, nous pourrons vivre « en enfant » : l'enfant ne s'occupe pas des apparences, il s'occupe de la communication avec tous ceux qui sont autour de lui. L'enfant, par exemple, n'est pas raciste. Blanc et Noir jouent très bien ensemble! Ils ne font pas de distinction de classe sociale.

C'est dire que, pour Jésus, aimer ce n'est pas être gentil, bon, aimable mais faire en sorte que des communications puissent s'établir en nous et entre nous, avec tous les hommes.

Le « drame » arrive quand nous avons une certaine image

---

(1) Matthieu : Chapitre V — versets 43 et suivants.

de nous, quand nous faisons de la représentation vis-à-vis de nous et vis-à-vis des autres. Il est alors en nous des tâches refoulées, des tares enfouies que nous ne pouvons reconnaître nôtres et que nous attribuons aux autres, sans vouloir reconnaître, bien sûr, que ce que nous attribuons à l'autre est ce que nous ne voulons pas reconnaître de nous !

Aimer mon ennemi, c'est aimer celui qui est support de ce que je refoule le plus et que je ne veux pas reconnaître en moi. Réactionnaire, je ne veux pas reconnaître la peur du changement que j'ai en moi. Communiste, je ne veux pas reconnaître la fragilité du réactionnaire que j'ai en moi. « Belle âme », il m'est intolérable de découvrir le côté « putain » ou intéressé qui couve en moi, etc.

Jésus n'était pas ennemi de ses adversaires, pharisiens, grands-prêtres... Il était ennemi de ce qu'ils faisaient mais non de leur personne. Il n'était pas l'ennemi des riches, ni des intellectuels comme tels. Il était triste de la dégradation spirituelle que leur position favorisait.

Aimer c'est engendrer, susciter, éveiller, réveiller ?

Oui, c'est cela, et surtout c'est le contraire du vivre en circuit fermé, de posséder pour soi : richesse, savoir, pouvoir. C'est être capable de voir en tout autre un semblable, s'identifier à lui comme le « Samaritain » l'a fait, reconnaître que les « défauts » de mon ennemi et ses carences, ses disproportions sont aussi miennes que siennes !

Mais alors, pour vous, Jésus n'est pas anti-capitaliste, pour lui il n'y a pas d'«ennemis de classes»? L'ennemi est en moi. Le capita-

123

liste est en moi. Le gauchiste est en moi. Les besoins immédiats et le désespoir du drogué sont en moi?

Évidemment. Celui qui est d'abord à remettre en cause, c'est moi. J'ai à remettre en cause ma vie, d'abord en moi et, non plus, d'abord chez l'autre!

Jésus est venu pour tous les hommes, quel que soit leur statut économique.

Vous ne répondez pas totalement à ma question... Jésus ne serait-il pas d'abord anti-capitaliste?

Pourtant, quand il dit au jeune riche de vendre tout ce qu'il a et de distribuer sa fortune aux pauvres (1), il montre bien que ce n'est pas l'argent qui est source de vie!

Pas du tout, l'argent peut être source de vie... matérielle!

Ce jeune homme riche demande comment obtenir le «Royaume de Dieu». Jésus lui répond : «Observe la loi de Moïse». Le jeune homme dit : «Je vis selon cette loi. Mais encore»? Alors Jésus lui dit : «Si tu veux être parfait, il ne faut pas tenir aux biens du royaume terrestre. Lâche-les et suis-moi».

Ce jeune désire le royaume de Dieu. En fait, il y vit déjà, mais Jésus l'attire à aller plus loin, il le suscite à aller plus loin, mais comment? Jésus lui dit : «Si tu veux vraiment ce que tu demandes, si tu veux réaliser ce désir de perfection, vivre avec Dieu, mets-toi en état réel de manque... sur le plan matériel d'abord».

---

(1) Matthieu : Chapitre XIX — versets 16 à 30.

Et Lazare, le pauvre de cette parabole, puant, ulcéré, n'est-il pas en état réel de manque?

Il le fut même, dirait-on, toute sa vie! Toute sa vie, il a gardé cet état réel de manque, même au niveau des besoins, mais il n'est pas agressif ni violent contre le riche qui était là, devant lui. Il est resté dans cet état de manque. Et, dans l'autre monde, là où il n'y a plus de besoins, il a son désir comblé, car le désir continue par-delà la mort...

Lui, muet de désir au point qu'il ne pouvait demander à personne de le soulager, Abraham, dans le ciel, l'entend et, comme une mère qui prend son nourrisson tellement souffrant qu'il ne peut même plus appeler, Abraham le prend dans son sein.

Mais alors, les riches sont condamnés pour le royaume de Dieu! Posséder un bien pour soi et en jouir est douteux. Avoir de l'argent et en tirer du plaisir pour soi est suspect. Apprécier son luxe, goûter du superflu méritent donc réprobation?

Nous sommes donc tous des réprouvés? En effet, qui peut prétendre ne pas être «riche» de quelque chose? Qui n'a pas un petit bien qu'il n'a pas envie de donner ou de remettre dans un circuit d'échanges?

Ce que Jésus propose là, n'est-il pas utopique?

Ce n'est pas une utopie, c'est une révolution et c'est une croix.

N'est-ce pas ce qu'enseigne Jésus quand il dit : «Si quelqu'un veut venir à ma suite, qu'il se renie lui-même et qu'il saisisse sa croix et fasse route avec moi. (1)»

(1) Matthieu : Chapitre XVI — verset 24.

Être en croix, c'est être écartelé, c'est être distendu entre l'attraction de la terre et l'attraction du ciel.

Être en croix, c'est être déchiré entre l'attraction de nos deux bras, celui de gauche et celui de droite. Le droit qui agit «comme il faut», avec raison. Le gauche qui agit comme le cœur voudrait agir mais est plus réceptif, sensible qu'effectivement actif.

Oui, nous sommes écartelés entre ces quatre forces. Vous comprenez que nous ne pouvons pas ne pas nous sentir condamnables, condamnés, suppliciés ou au moins… peu à la hauteur.

Comment le chrétien en est-il arrivé à être perpétuellement distendu entre le ciel et la terre, la raison et le cœur?

Mais pas plus le chrétien qu'un autre! Tout être humain vit ce conflit, cette contradiction constitutionnelle, pas toujours consciemment, mais toujours inconsciemment.

Lorsque nous étions enfants, nous avions comme modèles nos parents. Nous essayions alors de les imiter.

Plus tard, pour nous développer, nous avons contesté leur conduite, peut-être même avons-nous agi à l'opposé de leur morale.

Mais, dans les deux cas, imitateurs ou contestataires nous tenions compte d'eux pour bâtir notre vie et ils tenaient compte de nous.

Salauds ou valeureux, nous tenions donc nos parents pour des êtres puissants. Dans la mesure où nous nous sentions en sécurité auprès d'eux et aimés par eux, nous avons eu confiance en eux et confiance dans la vie et, donc, confiance en nous. Aimés par nos parents, nous nous sommes aimés nous-mêmes.

En grandissant, nous nous sommes révoltés ou bien nous avons changé de modèle. Bien souvent en croyant chercher notre authenticité personnelle nous nous sommes identifiés à un chef de bande, à un délégué syndical, à un chef politique ou religieux, à une vedette, à un ami, à un saint. Ne faut-il pas devenir quelqu'un ? En un mot, nous essayions de nous confondre, en pensées ou en actes, avec ceux qui nous apparaissaient forts, ou de les contester jusqu'à nous rebeller.

Pour grandir, nous avons toujours à quitter ou à remettre en question l'image des salauds ou des valeureux, et ainsi atteindre notre âge adulte ; mais arrivés à cet âge, aperçu comme désirable avant que d'y être parvenus, nous découvrons que nous sommes encore ignorants, impuissants. C'est notre propre image alors qu'il nous faut définitivement abandonner pour vivre dans l'être et non dans le paraître et les émotions d'amour-propre.

C'est donc important pour l'enfant et l'adolescent d'avoir des images de personnes qui apparaissent fortes, qui apparaissent avoir « réussi » leur vie quelle que soit leur morale, et qui donnent ainsi un sentiment de sécurité ?

C'est important d'avoir des parents qui ont les pieds sur terre et qui ne sont pas toujours angoissés par le lendemain ou le chômage ou l'avenir de l'entreprise ou l'aventure de la vie, ni angoissés de leurs enfants ?

Cela semble important, en effet... mais est-ce « actuellement » important ? Jésus enseigne le contraire.

C'est inévitable, c'est, je dirai, fatal que les jeunes prêtent aux adultes un sentiment de puissance qui fait la sécurité des enfants, à condition que ceux qui servent de point d'appui ou de tuteur se rendent bien compte qu'ils sont responsables des exemples qu'ils donnent mais qu'ils ne possèdent pas la sécurité qu'ils semblent avoir.

Le jour où les jeunes les contestent, qu'ils les félicitent de se rendre compte qu'ils ne sont ni vertueux, ni puissants, ni détenteurs de la vérité. Ces tuteurs font eux-mêmes ce qu'ils peuvent pour tenir leur équilibre ! Que n'en témoignent-ils donc ? Au lieu d'exploiter la crédulité des jeunes en leur fallacieuse autorité d'apeurés.

Pourtant, dans certains groupes sociaux, dans certaines traditions, dans certaines régions, le père représente... Dieu...

Oui, et il lui arrive d'y croire ! Il se prend pour Dieu-le-Père ! Que les chefs se disent : « Attention, je sers d'exemple. Il y en a pour qui je représente Dieu... » Oui, peut-être. Et c'est une lourde sujétion, peut-être est-ce utile pour ceux qui sont enfants et qui se développent, mais arrive un moment où le sujet débusque la position de ce «dieu» et lui dit : «Tu n'es pas plus que moi». Les jeunes savent dire ces choses d'une manière plus colorée !

Et l'autre, s'il est honnête, répondra : «C'est vrai. Maintenant que tu te sens capable de contester l'autorité, prends-la. Invente ton chemin. Fais confiance aux plus jeunes et aide-les à se développer. »

Vous disiez que Jésus enseigne le contraire de la sécurité...

Jésus n'est-il pas une image de non-possédant ? N'est-il pas une figure de non-puissant ? N'est-il pas quelqu'un qui n'a pas «réussi» ?

Et vous voyez que cette image de non-possédant ne peut

se confondre avec le possédant ou l'arriviste qui vit à l'image des grands du jour, des maîtres du temps, des seigneurs de l'espace et de l'économie, des gouvernants de la vie terrestre.

Mais alors, si, d'une part, pour structurer notre psychisme, notre personnalité, nous avons besoin d'images de «puissants» soit pour les adopter, soit pour les proscrire et si, d'autre part, l'Évangile est un itinéraire de «pauvreté», comment peut-on sortir de ce dilemme?

C'est, en effet, pour moi, l'écartèlement. Ce dilemme est troublant : il faut à la fois « rendre à César ce qui est à César et à Dieu ce qui est à Dieu » (1).

Mais «César» n'est pas seulement celui qui frappe la monnaie avec laquelle on échange pour des biens et des satisfactions matérielles. C'est aussi celui qui donne les idéaux du jour, les valeurs de l'ordre établi et du bon comportement du moment. César, c'est le législateur.

Ce comportement imposé et cette manière de penser donnée par ceux qui sont les parents, les maîtres de la politique ou de l'opposition, de la «Sorbonne» ou de l'Église est une chose qui a sa valeur ou statique ou conservatrice ou organisatrice pour un temps ou progressiste peut-être...

Mais contester ou parfois transgresser leur loi, les comportements et les manières de penser qu'ils imposent au nom du désir de Dieu qui existe en chacun de nous, est indispensable au développement de l'humanité dont nous sommes chacun un élément dynamique.

---

(1) Matthieu : Chapitre XXII — verset 21.

Jésus, en effet, a provoqué une dynamique formidable en ne confondant pas Dieu avec le prince du jour.

Quand cette dynamique formidable met en route quelqu'un, celui-ci, s'il est avec Jésus, possède une force extraordinaire. Il peut alors être «évolutionnaire» ou révolutionnaire.

Il va se dresser contre parents, maîtres à penser et contre les princes du jour. Mais il va payer son ardeur tant que les parents, les tenants des forces politiques ou religieuses se croiront être représentants de Dieu ou de la loi. Ils mettront leur désir et leur force à réprimer le courage du jeune ou des jeunes générations. Quelle épreuve, souvent déchirante, pour les deux camps!

Cette lutte de force, au nom du désir de chacun, peut être étonnante, voire mortelle. Jésus n'a-t-il pas dit: «J'apporte le feu, j'apporte l'épée»... Au nom de quoi? Au nom d'une vérité qu'il intime au cœur de chacun de nous de chercher, tout en aimant ceux qui ne la cherchent pas de la même façon que nous.

C'est ainsi qu'est vécu le désir quand il est vécu profondément... jusque «dans la tripe» de quelqu'un qui se risque pour son désir, qui risque d'avoir l'impression d'y perdre vie, foi, amour et estime des autres, et, dans la réalité, parfois de subir menaces, prison, torture, mépris et la détresse pathétique des êtres les plus chers.

Mais ce n'est jamais en haine d'un humain contre un autre humain. C'est pour un désir! C'est pour des idées! Il se trouve que les humains, porteurs de ces idées, sont représentants de ces idées, ils paient donc pour les idées qu'ils portent... comme les martyrs...

Mais souvent, une fois qu'ils ont gagné, ils refont

comme leurs aînés! Il en est ainsi dans les sociétés : «Ote-toi de là que je m'y mette»...

Oui, faire la révolution, transgresser les lois, bouleverser les manières de penser peuvent être le fait de celui qui veut avoir plus de pouvoir, qui veut se sentir plus puissant, etc.

Oui, je veux être «en place»... pour y être et non pas pour servir les idées que j'avais défendues pour y être. Mais l'itinéraire du désir, la porte, l'ouverture qu'est Jésus me montre que jamais le désir, pour porter fruits à long terme, ne peut être vécu pour soi. Toujours il est à vivre pour les autres et avec les autres!

Vivre pour les autres et avec les autres... c'est bien beau, mais si, sur mon palier, je trouve un Lazare infect, entouré d'un essaim de mouches, naturellement, j'éprouve de la répulsion. Jamais je ne serai assez «nature» pour le secourir comme le «Samaritain».

Vous pouvez lui parler...

Non, c'est plus fort que moi, il sent mauvais... J'éprouve de l'écœurement...

C'est Jésus... qui est en lui... C'est cela la nouveauté!
On ne le pouvait pas du temps des Juifs, en effet, Dieu était justice. Si donc Dieu l'avais mis dans cet état, il y avait une raison : il avait mérité son sort. Dieu le voulait ainsi.
Jésus a apporté une autre loi, une autre alliance : il est dans le plus petit, le plus malade, le plus démuni, le plus étranger, c'est lui que nous rencontrons en tête à tête.

Jésus est donc là quand on ne peut pas se projeter dans l'autre?

Exactement. Quand on ne peut pas projeter l'amour de soi dans un autre, à la place de qui nous n'aimerions pas être.

C'est presque une nouvelle économie de l'égoïsme que Jésus a apportée. C'est une nouvelle économie du narcissisme humain. Si nous arrivions à la réaliser, ce serait alors le monde du Saint-Esprit, le monde de l'amour.

Ce serait la vie spirituelle, éternelle?

C'est cela l'appel de la vie, au-delà de la vie du corps. Ce n'est pas une manière de penser que Jésus donne mais une manière de nous comporter à laquelle il nous invite.

Pourtant, ce que Jésus demande, c'est de quitter une structure mentale qui nous a formés depuis notre enfance et même avant notre naissance pour vivre avec une autre structure mentale!

Avoir de l'argent, cotiser à une caisse de retraite, etc. pour demain, pour plus tard, pour être plus détendu, pour être en sécurité, c'est bien! Jésus dit «non».

Il ne dit pas «non», il dit «peut-être»! C'est vivre comme le riche de cette parabole qui est condamné car ce riche n'est plus en vie. Il est seul. Il n'est plus en marche, il est gavé : il n'a plus aucun manque.

Lazare, par contre, est en «manque», il aspire, il désire : il vit.

Aux yeux de Jésus, le moribond c'est le riche, le vivant c'est le pauvre.

Quoi qu'il en soit, aucun parent, aucun éducateur, aucun représentant de religion ne dit qu'il faut former l'enfant à regarder le riche comme de la pourriture et le pauvre suppurant comme un idéal.

Le malheur de ce riche c'est qu'il faisait travailler les autres et qu'il ne travaillait pas lui-même : il ne faisait que jouir de son corps et de sa richesse.

C'est en ce sens que Jésus nous le montre mort. En effet, à ce riche, il ne manque rien. Son corps est comblé de repas fastueux et de lingerie fine. Aux morts dans leur cercueil, il ne manque rien !

Il y a quand même une grande différence : l'un festoie, ripaille, l'autre ne vit plus !

Ils sont tous deux profondément semblables, malgré les apparences. En effet, ce riche, qui vit selon ses besoins, uniquement centré sur son corps, qui vit son désir dans la facilité, se laisse aller, se relâche et se perd.

En effet, vivre ses besoins, son désir, sans suivre une loi, c'est aller vers la mort. Sans loi, sans règles, les pulsions de mort deviennent victorieuses.

Avant d'aller plus loin, pourriez-vous donner un mot d'explication sur ce que sont ces pulsions de mort ?

Ces pulsions de mort, dont je parle, ne sont pas des tendances à vouloir donner la mort à quelqu'un ni à vouloir mourir soi-même. Pas du tout.

Chacun de nous est un champ de bataille ou plutôt de

tensions (1) entre les pulsions de vie et les pulsions de mort.

Ces pulsions de mort peuvent s'exprimer par notre tendance à «débrayer», à nous reposer, à ne plus rien savoir ni des autres, ni de nous, ni de notre vie, à nous endormir pour ne plus sentir les tensions qui nous écartèlent, en nous abandonnant à l'oubli de nous-mêmes.

Tous, quotidiennement, nous faisons l'expérience de la prévalence de ces pulsions de mort. Par exemple, quand nous dormons profondément, nous ne sommes plus sujets conscients de nous, ou du moins nous n'en savons rien. Notre psychisme, mis à part nos rêves, fait de nous en apparence des objets. Notre corps est comme déserté du sujet dont l'essentiel désir est celui de la communication avec autrui.

C'est pourquoi je disais que le riche dans sa solitude gavée et le mort dans sa tombe sont profondément semblables.

La loi, venue d'ailleurs que de nous, oblige nos désirs — qui souvent si la loi ne s'y oppose pas prennent des images de besoin — à se hausser quant à leur niveau de satisfaction. Les lois font barrage, et s'opposant à la satisfaction immédiate de notre désir, elles le fortifient. Notre désir monte alors et devient alors plus intense, plus palpitant, plus vivant. Sans le barrage des lois, notre désir se perd dans les sables et meurt.

C'est ce qui arrive à ce riche : son désir se meurt, car il ne suit pas la loi de Moïse. C'est un mort que ce riche ! Il n'a aucun désir de communication inter-psychique avec Lazare... Bien pis, il ne lui donne pas même un peu de nourriture, comme le prescrit Moïse, alors qu'il fait quotidienne bombance.

La loi structure donc la vie du désir. Vivre un désir, sans suivre une loi, c'est mourir.

---

(1) Dont la résultante peut être pacifique et c'est la santé «bonne».

Certes, il ne suffit pas de risquer, ni de se risquer, il faut aussi vivre en fonction d'une loi, soit pour la réaliser, soit pour la dépasser, soit pour la transgresser. Ici, ce riche devait donc donner de quoi manger au pauvre qui est en face de lui. Quitter un moment le seul souci du plaisir et des besoins de son corps pour s'occuper de celui de Lazare. En tout cas ne pas l'ignorer.

Qu'apporte de nouveau Jésus?

Jésus n'est pas venu abolir la loi mais l'accomplir, la parfaire. Que ceux qui vivent dans les biens matériels suivent la loi de Moïse. Par contre, Jésus a voulu initier ceux qui veulent vivre au-delà de la vie matérielle et sociale. Il a voulu conduire les gens au spirituel, à l'esprit de la lettre. Mais ce riche n'a suivi ni la lettre ni l'esprit.

Ce riche aurait dû consacrer toute sa fortune à secourir les malades?

Pas du tout puisque la loi de Moïse dit que c'est le 1/10e qu'il faut donner aux pauvres ou au Temple (1).

L'Esprit de Jésus qui veut nous emmener plus loin ou ailleurs c'est de risquer sa vie... pas seulement le dixième, mais tout notre avoir, tout notre être! Tout. Et de nous situer dans le manque et le désir.

Mais nous sommes comme ce jeune riche de l'Évangile qui veut la vie éternelle sans lâcher ses biens... Nous vou-

---

(1) Ancien Testament, Livre du Deutéronome : Chapitre XIV — versets 22 et suivants.

drions bien, mais notre désir n'est pas à la hauteur de notre imagination.

Tellement désireux de sécurité, nous préférons ce qui est assuré pour nos besoins, nous préférons l'acquis et la sécurité plutôt que le risque dans l'angoisse de l'incertain.

Entre l'aventure du désir et la tranquillité des besoins satisfaits, entre le risque du désir et l'assurance de l'avoir, nous avons choisi : nous n'avons pas foi en notre désir, nous avons confiance en nos biens, en notre acquis à préserver, à conserver, à augmenter, notre pouvoir à exercer. Nous avons les pieds sur terre ! N'est-ce pas plus réaliste et plus « logique » ?

Nous vivons toujours selon le schéma mental qui nous a bâtis occidentaux : consommer plutôt que communier. C'est la contradiction organisée de l'Évangile !

A un niveau international, Lazare ne serait-il pas le Tiers Monde à qui on ne donne même pas ce qui tombe de nos tables dans nos poubelles ?...

Le riche qui ne suit pas la loi de Moïse s'en va en « enfer ».

D'abord, c'est difficile de passer de l'individuel au collectif.

Oui, on met cet « enfer » après la mort quand notre corps sera cadavre, mais ce riche est en effet dès cette terre un spirituellement seul au monde, comme Lazare l'est matériellement et émotionnellement. La souffrance, c'est de vivre dans la solitude, dans le non-amour, mais il peut rester l'espoir. L'enfer, c'est la non-communication et la mort de l'espoir. Entre le riche et Lazare, il y a « un gouffre béant ». Ils ne s'en rendent vraiment compte qu'après avoir quitté leur corps de besoin, de plaisir et de souffrance, mais ce gouffre, la distance de non-communication, le manque de langage entre eux, c'est déjà ce qui se passe de leur vivant.

Jésus nous montrerait que le grand vivant est Lazare?

Je n'en suis pas sûre, car il reste vautré dans sa misère, il subit son sort. Il ne semble pas chercher à en sortir. Il garde peut-être espoir mais ne se met pas en route. Mais, dans une parabole, on ne peut pas tout dire!

Ce que Jésus veut exprimer, à mon sens, c'est que Lazare était en manque. Le riche n'avait aucun manque.

Lazare était en manque de santé, de nourriture. Ce manque de santé et ce manque de nourriture étaient confondus, pour Lazare, avec son désir de vivre un minimum, comme pour bien des dépossédés, des pauvres, des citoyens du Tiers Monde à ce point démunis que, pour eux, un bol de riz est la raison de vivre!

Si ce bol de riz est leur « seule » raison de vivre, ils sont aussi morts spirituellement que le riche. Mais certains du Tiers-Monde, tellement démunis, peuvent être pour nous des exemples : ceux qui conservent entre eux un désir de communication, d'entraide, et une santé spirituelle comme Lazare... car tout de même, bien que démuni, il n'a jamais un sentiment d'agressivité contre le riche, comme Jésus en croix qui demande à son Père de pardonner à ses bourreaux : « Ils ne savent pas ce qu'ils font (1) ». Non, je ne crois pas qu'il veuille nous donner Lazare, par sa seule misère, en exemple, mais, par sa patience sans révolte, oui, peut-être.

Mais alors, si être pauvre, si être en manque est bon, il ne faut pas apporter notre médecine pour guérir les ulcères de « Lazare »!

---

(1) Luc : Chapitre XXIII — verset 34.

Tout dépend du cœur et de l'esprit avec lequel nous proposerons notre médecine ! Si notre médecine est un racket pour vendre obligatoirement nos médicaments, si les multinationales font main basse sur les matières premières du Tiers-Monde, et notamment sur l'alimentation mondiale pour rester maître de l'économie et pour, soi-disant, l'améliorer, mais en fait, pour gagner plus d'argent, il est évident que c'est le « riche » de cette parabole et sa mentalité qui sont vainqueurs.

Mais si les riches apportent ce qu'ils pensent être un bien, nourriture et médecine, alors pourquoi ne pas en faire profiter « Lazare » ? Mais sans pour cela le mettre en dépendance matérielle ni idéologique aux pays riches c'est-à-dire développés matériellement.

Mais on leur apporte des biens de consommation, pas des relations inter-psychiques !

Pourquoi pas ? Quand on est dans la misère, croyez-vous que l'on puisse tellement communiquer avec son voisin ? On a alors, comme je le disais plus haut, une seule idée en tête : avoir son bol de riz.

Mais nous avons aussi le sentiment qu'entre ceux du Tiers-Monde et nous, il y a une ressemblance : nous sommes des humains et nous nous questionnons sur le sens de la vie et de la mort.

En plus, nous avons vis-à-vis d'eux un autre sentiment : le sentiment de la honte. Honte de vivre comme nous vivons quand d'autres humains n'ont pas le nécessaire alors que nous avons le superflu. Nous nous sentons coupables ou mal à l'aise ou dans une certaine gêne, selon notre degré de conscience ou de sensibilité. Cela nous paraît injuste. Peut-être pas à tous.

C'est à ceux à qui cela paraît injuste de faire quelque chose. Aux autres, je ne sais pas.

Pour vous, c'est le sentiment de culpabilité qui, finalement, est moteur? C'est bien dommage d'avoir ce sentiment de culpabilité quand nous jouissons tandis que d'autres crèvent de faim.

Ce n'est pas que ça. Non un sentiment de responsabilité en tant que frères humains de ceux qui, eux, n'ont pas de quoi survivre. Existe aussi un sentiment de dignité humaine, comme familiale peut-être.

Le sentiment de culpabilité ne vient pas de la jouissance mais de ce que nous confondons désir et besoin... quand nous nous arrêtons à consommer.

En nous, un état de manque et de souffrance inconscient crée une tension. Si nous pensons y remédier en satisfaisant de plus en plus de besoins, nous avons alors un sentiment de culpabilité, un malaise, un ennui blasé.

C'est souvent, alors, que, pour y échapper, nous menons une course perpétuelle à la consommation, espérant ainsi camoufler le manque et le malaise qui viennent d'ailleurs, qui viennent d'une dynamique inconsciente du sujet qui a peur de l'inconnu et arrête son désir dans le champ du connu, du prudent, de l'acquis maîtrisable.

Quand nous prenons nos désirs pour des besoins à satisfaire naît le sentiment de culpabilité?

Mais oui, le désir ne vise pas la satisfaction substantielle. Le désir vise le plaisir de la relation inter-psychique entre humains. Dès qu'il est « satisfait », notre désir ou notre manque disparaît. Il renaît plus loin, ailleurs. Si nous en restons à notre satisfaction, notre désir entre alors dans la dialectique du connu, donc du besoin : on répétera sa vie selon des habitudes, selon des besoins ou des tics, en un mot selon des sécurités. Mais est-ce vivre ?

Le riche est donc dans la consommation. Il satisfait des besoins ! Le problème est de savoir comment vivre un désir qui ne soit pas confondu à des besoins de plus en plus exigeants. C'est un très grave problème !

Le riche était mort, insensible à autrui : il était très seul, en ce sens, qu'il ne pouvait même pas se projeter en quelqu'un en état de besoin, pour lui faire don de quelque chose. Il ne le «voyait» pas, ne «l'entendait» pas.

Plein de lui, il n'y avait de place, en lui, pour personne. Plein de lui, il ne pouvait imaginer la souffrance, le dénuement de Lazare. Il ne pouvait donc pas entrer en contact avec ce gisant.

Voilà le drame du riche : son cœur se ferme, son émotion devient aride. Il ne communique plus avec l'autre qui perd visage humain, ni avec lui-même qui devient un homme mort (1).

Ce riche est indécrottable ? Personne ne peut lui créer un manque, même Moïse revenant ? Y aurait-il des êtres à ce point gavés, fermés qui seraient condamnés à ne jamais avoir un désir en marche ?

---

(1) « Évangile au risque de la psychanalyse » : Le Samaritain, pages 143 et suivantes.

Abraham dit : « Même si quelqu'un se lève de chez les morts, ils ne seront pas convaincus. » Il s'est levé d'entre les morts, Jésus, Qui est convaincu ? Dites-moi, qui ?

Ce riche a pourtant un manque quand il est… après sa mort, dans la souffrance : il désire sauver ses cinq frères !… Il n'est pas indécrottable, comme vous dites. Mais la pointe de la parabole montre que le vrai riche, celui qui vit de la vie spirituelle (ou éternelle), c'est celui qui, sur terre, est le plus en manque, qui souffre sans trouver de consolation de ce manque, que rien ne peut apaiser et qui supporte cette épreuve sans désespérer, sans envier les plus heureux que lui, ni leur reprocher leur égoïsme.

Cette parabole veut illustrer la première des « béatitudes » du Christ, quand il dit sur la montagne : « Quel bonheur pour ceux qui sont en manque jusqu'au fond de leur cœur » !

Vous traduisez bien cette « béatitude », nous commentons bien ce passage d'Évangile, nous en parlons bien… facilement !

En fait, cette parabole est notre inconfort, l'insécurité quotidienne de notre élan, de notre désir. Comment ne pas être envieux, mais seulement « désireux », c'est-à-dire homme et femme de désir, sans loucher sur le bien de l'autre ? Le désir auquel nous appelle Jésus n'est pas l'envie.

Vraiment, cette parabole me met mal à l'aise.

Mais oui, moi aussi, parce que, ni vous ni moi, bien que nous désirions être chrétiens, n'en avons la force !

Autant la parabole du «Bon Samaritain» est libérante, autant cette parabole donne un sentiment de malaise.

C'est que le Samaritain se projetait... facilement, inévitablement, dans ce gisant de la route. En cet accidenté, il se retrouvait. Mais ni le lévite, ni le prêtre ne pouvaient se retrouver en cet homme allongé et matraqué. D'ailleurs, pour eux, n'était-il pas puni, cet homme? Dieu est juste.

En cette parabole-ci, le lévite et le prêtre, c'est le riche...

C'est ce que nous sommes souvent.

Mais ce lévite et ce prêtre ne sont pas condamnés. Le riche, par contre, va en «enfer».

Oui, parce que le prêtre et le lévite, indisponibles, craintifs, observaient néanmoins la loi.

Parce que la pointe de la parabole n'est pas la même...

Remarquez cependant que «Aime ton prochain comme toi-même», tel que nous l'avons étudié, donne en commandement à l'homme sauvé d'aimer toute sa vie son sauveur, le Samaritain inconnu. Ici, le manque d'attention à Lazare fait que, après la mort le gouffre, le fossé creusé entre le ciel et l'enfer, rend impossible la moindre communication entre le riche torturé et Lazare béat.

Pourtant, Jésus y montre, dans les deux cas, comment agir pour vivre éternellement!

Oui, mais cette parabole est éclairée par la rencontre de Jésus avec le jeune homme riche dont on a parlé : si vous vous mettez sous une loi, la loi de Moïse, vous aurez la vie éternelle. Si vous voulez vivre en «parfaits», en hommes de désir, alors laissez les biens matériels et venez à ma suite.

J'ajoute qu'il y a une différence entre le gisant de la route dans la parabole du Samaritain et le gisant Lazare à la porte du riche.

Le gisant de la route était un accidenté... occasionnel, tandis que Lazare est un handicapé fondamental par sa mauvaise santé, par sa situation sociale aussi : c'est un clochard. Il vit une situation dramatique dont il a sans doute hérité. Il n'a même pas l'énergie de revendiquer. Il attend. Il espère et... il n'obtient rien.

C'est le modèle des handicapés qui, dans notre société, survivent plus ou moins bien assistés matériellement. C'est là que nous sentons actuellement, notre devoir d'intégrer les handicapés à notre vie. Tout ce mouvement actuel pour les handicapés vient de notre conscience chrétienne, que nous le sachions ou non.

Vous dites que c'est un «devoir»... donc...

Nous le ressentons comme un devoir. Tous ces humains qui sont des handicapés chroniques physiques, mentaux ou sociaux, l'Évangile nous porte à les voir, à les regarder, à les intégrer à notre société nous qui avons la santé. C'est justice.

Autant le bon Samaritain était «nature», autant ici, il faut se forcer (à moins de pouvoir se projeter). C'est par devoir, comme vous dites, qu'il faut aller dépanner ces handicapés, ce n'est pas «naturel».

Mais oui, ce n'est pas naturel du tout. Ce que le Christ

143

nous enseigne c'est que tous les êtres humains sont des êtres de paroles et d'échanges, mais nous oublions que ceux qui en sont exclus, quelle qu'en soit la raison, nous avons à les insérer à nouveau dans la vie des échanges, les intégrer dans notre espace, ne pas les laisser seuls : un être humain souffre quand il est dans la solitude et le rejet.

Je suis d'accord. Vous dites avec le « Samaritain » qu'il ne faut pas se forcer parce que ce que nous ferions serait mal fait. Vous dites maintenant que c'est par devoir qu'il faut s'occuper des handicapés de la vie.

Je ne dis pas que «c'est» par devoir, je dis que nous «ressentons» cela comme un devoir, dans notre société occidentale. Nous avons oublié, en effet, dans notre société à idéaux utilitaristes que la vie de chaque être humain en appelle à qui le voit, l'entend, le côtoie seulement. Même le plus démuni, est né pour la communication, pour le partage comme tous les êtres conçus d'un corps d'homme et d'un corps de femme, nés de paroles pour l'échange subtil et créateur de symboles plus que pour l'échange substantiel.

Comment peut-on s'occuper, par désir et non par devoir, des handicapés de la vie?

Jésus nous en a donné la façon : le reconnaître, Lui, Jésus, en tous ces êtres démunis. Ce n'est donc plus au nom de notre culpabilité que nous nous en occupons mais au nom de notre amour.

Mais notre société n'en est pas encore là. Elle crée des institutions sociales au nom d'un sentiment de culpabilité à négocier avec notre morale «publique» tandis que Jésus nous enseigne que c'est au nom d'un sentiment personnel d'amour pour Lui présent dans les plus démunis. Mais vous savez, il y a des gens qui s'ignorent chrétiens et qui aiment et respectent l'être humain, leur égal, derrière le masque des handicapés les plus profonds.

Donc, on ne peut s'occuper de tous ces handicapés qu'en se projetant en eux ou parce que c'est Jésus qui est là, en eux...

C'est peut-être la même chose, si c'est amour et créativité spirituelle qui conduit à s'en occuper. Mais quand nous nous identifions à ces démunis, à ces handicapés, nous pouvons aussi régresser pour nous mettre à leur portée, pour nous situer à leur niveau. Quand nous reconnaissons Jésus en eux, nous ne nous mettons pas au niveau de ces malchanceux, nous conservons notre niveau de structure : nous ne nous penchons pas de notre haut sur eux, avec condescendance. Ils sont nos frères souffrants, au moins nos égaux et qui sait, peut-être nos supérieurs, mais hors du code des langages courants.

C'est pourquoi la foi est vitale surtout quand l'humain que nous approchons nous apparaît comme un sous-produit d'humanité. Si nous n'avons pas la foi, ou bien nous nous détournons de tous ces «Lazare» ou bien nous nous identifions à eux. On se met alors à la portée de l'autre, à la place de l'autre. On bêtifie ou on discourt savamment sur ce que ressent l'autre, on le plaint, on en a pitié. Autant de termes, autant d'attitudes qui manifestent une indigence dramatique dans des rencontres évitées prudemment ou qui nivellent tout par le bas, tout en se prenant soi-même pour quelqu'un de bien !

Si c'est par la foi, il y a un ferment d'amour qui est contagieux. Ce ferment d'amour est tout à fait autre chose qu'un nivellement par le bas, c'est la condition d'authentiques rencontres.

Et c'est souvent malgré les institutions dites d'intérêt public que ces rencontres ont lieu et non à cause d'elles.

J'aime l'autre parce que c'est Jésus qui est en lui. Ce n'est donc pas l'autre que j'aime, c'est Jésus qui est en lui, et l'autre, par ricochet, va en bénéficier.

Il va en bénéficier en effet, mais moi aussi je ne peux pas lui laisser croire que c'est de moi qu'il reçoit ce que je lui offre. Il le reçoit de Dieu à travers moi et il n'a ni à s'identifier à moi, ni à m'aimer, ni à me remercier, ni à me féliciter. C'est moi qui vais le remercier d'avoir eu l'occasion d'avoir rencontré Jésus vivant en lui. Ceci est très violent pour notre amour-propre et pour notre fierté...

C'est là la différence entre un monde où chacun serait habité par la foi et l'amour de Jésus et un monde où chacun est habité et mû par un sentiment de culpabilité aux effets pathogènes de plaisir sado-masochistes conscients ou inconscients, à défaut de joie.

Si c'est Jésus que je rencontre chez l'autre celui-ci fera la même démarche : il ne me rencontrera pas, mais Jésus qui est en moi?

Oui et... Jésus qui est en lui. Il découvrira les exploits que Jésus fait en chacun et par chacun... comme on admire dans un corps de ballet le chorégraphe à travers les exploits des danseurs.

Ceci est violent, je le redis, pour la nature narcissique de chacun.

Il s'agit d'un appel à l'esprit d'amour que crie Jésus, hôte invisiblement présent dans nos relations. Si cet appel est très fort, il n'y a plus de place ni énergie pour le sentiment de culpabilité ni celui de n'être pas toujours capable de sa tâche.

C'est l'amour qui, au travail en chacun de nous, permet la communication inconsciente et sa fécondité invisible au-delà des différences et des niveaux de sensibilisation.

Jésus nous dit : «C'est pendant que vous êtes sur terre que vous pouvez communiquer les uns avec les autres et combler tout fossé par l'amour les uns pour les autres.» Morts, nous n'aurons plus la même possibilité...

En résumé, Jésus met en marche vers une rencontre et une joie à vivre avec les autres (1). Si les autres sont jaloux de notre joie... c'est leur problème, comme on dit, mais nous pouvons bondir de joie avec les autres, quand jubile notre cœur. Ainsi :

— La «drachme» est un pouvoir d'achat perdu puis retrouvé et fêté dans les éclats de rire.

— Le «mouton» est un pouvoir d'échange et une cohésion perdus puis retrouvés, pouvoir de consommation et de troc qui rend joyeux les amis.

---

(1) Semblables à nous ou différents de nous. Mais par sa parole, Jésus nous rend tous semblables à lui. C'est lui, le prisonnier, c'est lui, l'affamé, le vieillard seul, c'est lui.

Matthieu : Chapitre XXV — versets 31-46.

147

— Le «fils», c'est la lignée perdue puis retrouvée, c'est l'amour du père découvert, c'est l'accès au désir qui s'entr'ouvre, célébrés dans la jubilation. C'est la douloureuse mutation de l'aîné et le réveil de son désir.

— La «Samaritaine» et la «femme adultère», c'est la dignité de femme perdue puis retrouvée et invitée à avancer toujours dans leur recherche du véritable amour.

— Le «collecteur d'impôts» c'est la dignité d'homme et la fierté sociale et religieuse perdues. Jésus dit que le sentiment même de son indignité lui fera retrouver l'amitié de Dieu et la paix du cœur.

— «Lazare», c'est l'image du manque à l'état pur jusqu'au manque du paraître humain qui est accueilli dans la joie par Abraham.

Seul le riche fermé, hermétique s'en va en «enfer».

Seul le Pharisien, sûr de lui dans son face à face avec Dieu, riche de posséder la loi et de n'avoir pas à rencontrer les autres, nie sa faiblesse et son manque : il ne veut pas s'y risquer.

Seuls, le pharisien et le «riche» ne connaissent pas la joie : ils ne jouissent que d'eux-mêmes.

*
* *

Clefs pour le Royaume de Dieu ou analyse de notre condition humaine ?

« L'éveil » de Jésus

Évangile selon Saint Luc
Chapitre XXIV — versets 1 à 53

Le premier jour de la semaine, dès le point du jour, il faisait encore nuit, elles (1) vinrent au tombeau en portant les aromates qu'elles avaient préparés.

Elles trouvèrent la pierre roulée devant le tombeau. Étant entrées, elles ne trouvèrent pas le corps du Seigneur Jésus. Elles étaient perplexes à cause de cela.

Et voici deux hommes qui se présentent à elles en habits d'éclairs. Épouvantées, elles détournent leur visage vers le sol.

Ils leur dirent : «Pourquoi cherchez-vous le vivant parmi les morts?

Il n'est pas ici, il s'est réveillé.

Rappelez-vous comment il vous a parlé quand il était encore en Galilée. Il disait que le Fils de l'Homme devait être

_____

(1) C'était Marie de Magdala, et le groupe des femmes, qui, l'avant-veille, avaient accompagné Jésus au tombeau.

livré aux mains des hommes pécheurs puis crucifié et le troisième jour, se lever.»

Elles se rappelèrent ces paroles.

Elles reviennent du tombeau annoncer tout ceci aux Onze et à tous les autres.

C'était Marie de Magdala et Jeanne et Marie, celle de Jacques, et les autres qui étaient avec.

Elles racontèrent tout ceci aux apôtres. Tous ces discours leur apparaissaient comme de la divagation. Ils n'y croyaient pas.

Pierre se leva, courut au tombeau et, se penchant pour regarder, il ne vit que des bandelettes.

Il revint chez lui étonné de ce qui était arrivé.

Voici que ce même jour, deux d'entre eux faisaient route vers le village d'Emmaüs, à douze kilomètres de Jérusalem. Ils se parlaient à deux de tout ce qui s'était passé.

Tandis qu'ils parlaient entre eux et discutaient, voilà qu'arrive Jésus qui fait route avec eux. Mais, pour leur yeux, c'était plus fort qu'eux, ils ne pouvaient le reconnaître.

Il leur dit : «Quelle discussion avez-vous entre vous, en marchant?» Sombres, ils s'arrêtèrent.

Celui qui s'appelait Cléopas répondit : «Tu dois être le seul pèlerin de Jérusalem à ne pas savoir ce qui y est arrivé ces jour-ci.»

Il leur dit : «Quoi?»

Ils lui dirent : «Ce qui concerne Jésus de Nazareth. C'était un homme, un prophète, capable en actes et en paroles devant Dieu et devant tout le peuple, et comment nos grands-prêtres et nos chefs l'ont condamné à mourir et l'ont mis en croix.

Et nous, on croyait qu'il était celui qui délivrerait Israël...

Et avec tout cela, voilà trois jours que tout ceci est arrivé...

Et puis, il y a aussi des femmes, des nôtres, qui nous ont bouleversés : arrivées de grand matin au tombeau, elles n'ont pas trouvé son corps et sont venues le dire et aussi qu'elles avaient vu une apparition d'anges qui le disent vivant.

Quelques-uns des nôtres sont allés au tombeau et ils ont trouvé comme les femmes l'avaient dit.

Mais lui, ils ne l'ont pas vu.»

— «Vous n'êtes pas malins! Votre cœur est lent à croire tout ce que les prophètes ont raconté. Ne fallait-il pas que le Christ souffrît tout cela pour entrer dans sa gloire?»

Et, commençant par Moïse et par tous les prophètes, il leur expliqua ce qui, dans tous les écrits, le concernait.

Ils approchaient du village où ils allaient et il fit semblant d'aller plus loin. Ils le forcèrent, disant : «Reste avec nous, c'est le soir, déjà le jour baisse.» Pour rester avec eux, il entra.

Et voilà, il s'attabla avec eux, prit le pain, le bénit et, l'ayant rompu, il le leur donna.

Leurs yeux s'ouvrirent et ils le reconnurent. Et lui leur était devenu invisible.

Ils se dirent l'un à l'autre : «Notre cœur n'était-il pas tout brûlant en nous quand il nous parlait sur la route, quand il nous ouvrait les Écrits?»

Ils se mirent debout, tout de suite, et retournèrent à Jérusalem et trouvèrent les Onze réunis et ceux qui étaient avec eux qui leur dirent qu'en effet, le Seigneur s'était réveillé et qu'il avait été vu par Simon.

Et eux racontèrent les choses de la route et comment il fut reconnu par eux au partage du pain.

Ils étaient en train de raconter ceci... et Jésus se tenait debout au milieu d'eux.

Saisis d'effroi et terrifiés, ils croyaient voir un fantôme.

Il leur dit : «Pourquoi êtes-vous bouleversés? Et pourquoi des supputations vous viennent-elles au cœur? Vous avez vu à mes mains et à mes pieds que je suis moi-même. Touchez-moi et voyez qu'un fantôme n'a ni chair ni os comme vous voyez que j'en ai.»

Ils n'osaient y croire, tant ils étaient joyeux et ahuris.

«Avez-vous ici à manger?» Ils lui donnèrent une part de poisson grillé.

La prenant, il la mangea devant eux et il leur dit : «Voici les paroles que je vous ai dites quand j'étais encore avec vous : il faut que soit fécondé tout ce qui a été écrit à mon sujet dans la loi de Moïse et chez les prophètes et dans les psaumes.»

Il leur ouvrit alors leur intelligence pour comprendre les Écrits.

Il leur dit aussi : «Ainsi que c'est écrit, le Christ doit souffrir et se lever d'entre les morts le troisième jour, et on criera en son nom le changement de vie pour le rachat des péchés de tous les peuples, en commençant par Jérusalem.

Vous êtes témoins de ceci.

Et moi, j'enverrai sur vous la promesse de mon Père.

Tenez-vous tranquilles, dans la ville, jusqu'à ce que vous soyez, d'en haut, revêtus de la force.»

Il les fit sortir jusque vers Béthanie et, levant les mains, il les bénit.

Et voilà qu'en les bénissant, il s'est séparé d'eux.

Ils revinrent à Jérusalem avec une grande joie.

Ils étaient continuellement dans le sanctuaire, à bénir Dieu.

Évangile selon Saint Jean
Chapitres XX et XXI — versets 1 à 14

Au premier jour de la semaine, au matin, il faisait encore sombre, Marie, celle de Magdala, arrive au sépulcre et voit la pierre qui a été enlevée du tombeau.

Elle court alors et arrive auprès de Simon Pierre et de l'autre disciple que Jésus aimait.

Elle leur dit : «Ils ont enlevé le Seigneur du sépulcre et nous n'avons pas vu où ils l'ont mis.»

Pierre sortit et aussi l'autre disciple et ils s'en allèrent au sépulcre. Ils couraient tous deux ensemble mais l'autre disciple courut plus vite devant Pierre et arriva le premier au tombeau.

Se penchant pour regarder, il voit les bandes de charpie abandonnées. Pourtant, il ne pénètre pas. Arrive alors Simon Pierre qui le suivait. Il pénètre dans le sépulcre et il observe attentivement les bandes de charpie abandonnées et le linge qui était sur sa tête et qui n'était pas avec la bandelette abandonnée mais enroulé à part, à un endroit.

Ensuite entra aussi l'autre disciple qui était arrivé le premier au sépulcre.

Il vit et il crut.

Pourtant, ils ne connaissaient pas encore l'écrit : Il doit se lever d'entre les morts.

En rebroussant chemin, les disciples s'en revinrent chez eux.

Marie se tenait dehors près du sépulcre. Elle pleurait.

Tout en pleurant, elle se penche pour regarder dans le sépulcre, elle découvre deux anges éclatants, assis là où était étendu le corps de Jésus, l'un à la tête, l'autre aux pieds.

Ils lui disent : «Femme, pourquoi pleures-tu?»

Elle leur dit : «Ils ont enlevé mon Seigneur et je ne vois pas où ils l'ont mis.»

Tout en disant ceci, elle se retourne vers quelque chose... en arrière et elle voit Jésus, debout. Mais elle ne sait pas encore que c'est Jésus.

Jésus lui dit : «Femme, pourquoi pleures-tu? Qui cherches-tu?»

Elle, croyant que c'est le gardien du jardin, lui dit : «Seigneur, si c'est toi qui l'as emporté, dis-moi où tu l'as mis et, moi, je l'enlèverai.»

Jésus lui dit : «Mariam!»

Elle se retourne et lui dit en hébreu : «Mon Rabbi», ce qui veut dire : «Maître».

Jésus lui dit : «Ne me touche pas, car je ne suis pas encore monté chez le Père. Va chez mes frères et dis-leur : «Je monte chez mon Père et votre Père, mon Dieu et votre Dieu.»

Mariam, celle de Magdala, s'en va annoncer aux disciples : «J'ai vu le Seigneur», et ce qu'Il lui a dit.

Tard, ce jour-là, le premier de la semaine, les portes où se trouvaient les disciples étaient fermées par peur des Juifs. Jésus vint et se tint au milieu.

Il leur dit : «Paix à vous». Ce disant, il leur montre et ses mains et son côté. Voyant le Seigneur, les disciples furent joyeux.

Jésus leur dit donc à nouveau : «Paix à vous, comme le Père m'a envoyé, moi aussi je vous fais partir.»

Ayant dit cela, il fit exploser sur eux son souffle et dit : «Prenez le souffle saint. Si vous enlevez les erreurs de certains, elles seront enlevées, si vous les maintenez, elles seront maintenues.»

Mais Thomas, un des Douze, appelé «Jumeau», n'était pas avec eux quand vint Jésus.

Les autres disciples lui dirent donc : «Nous avons vu le Seigneur.»

Il leur dit : «Si je ne vois pas dans ses mains la marque des clous, si je ne plonge pas le doigt dans la marque des clous et si je ne place pas la main dans son côté, il n'y a pas de danger que je croie.»

Huit jours après, ses disciples étaient de nouveau à

l'intérieur et Thomas avec eux. Arrive Jésus, les portes fermées.

Il se tint debout au milieu d'eux et leur dit : «Paix à vous». Puis il dit à Thomas : «Porte ton doigt ici, vois mes mains et approche ta main et place-la dans mon côté et ne sois plus sceptique mais croyant.»

Thomas répondit en disant : «Mon Seigneur et mon Dieu.»

Jésus lui dit : «Parce que tu as vu, tu as cru; heureux ceux qui n'ayant pas vu auront cru.»

Après cela, Jésus se montra de nouveau aux disciples tout près de la mer de Tibériade. Il se montra ainsi.

Il y avait ensemble Simon Pierre et Thomas, dit le «Jumeau», et Nathanaël, celui de Galilée et les fils de Zébédée et deux autres disciples.

Simon Pierre leur dit : «Je vais pêcher.» Ils lui dirent : «Nous allons, nous aussi, avec toi.» Ils sortirent et s'embarquèrent mais cette nuit-là, ils ne prirent rien.

Le matin déjà arrivait, Jésus se tenait sur le rivage. Les disciples ne savaient vraiment pas que c'était Jésus.

Jésus leur dit : «Amis, n'avez-vous pas de quoi manger?» Ils lui répondirent : «Non».

Il leur dit : «Jetez le filet à droite de la barque et vous trouverez.»

Ils le jetèrent donc et... ils n'ont plus assez de force pour le tirer à cause de la surabondance de poissons.

Le disciple, celui que Jésus aimait, dit alors à Pierre : «C'est le Seigneur!»

Simon Pierre, entendant que c'est le Seigneur, attacha sa tunique car il était nu et se jeta à la mer.

Les autres disciples vinrent en bateau (ils n'étaient alors éloignés de la terre que de cent mètres), en tirant le filet de poissons.

Descendus à terre, ils voient un feu de braises, là, et des

hors-d'œuvre posés dessus et du pain. Jésus leur dit : «Apportez de vos poissons que vous venez de prendre maintenant.»

Simon Pierre remonta et tira à terre le filet plein de cent cinquante-trois gros poissons, et un aussi grand nombre n'avait pas déchiré le filet!

Jésus leur dit : «Allez, déjeunez.»

Pas un disciple n'osait lui demander : «Toi, qui es-tu?», sachant que c'était le Seigneur.

Jésus arrive et prend le pain et le leur donne, ainsi que le poisson.

C'était déjà la troisième fois que Jésus, réveillé d'entre les morts, se montrait à ses disciples.

Gérard Sévérin

*Voici plusieurs textes sur la « résurrection » de Jésus. Ils ne
concordent pas en tous points. De plus, ces textes s'expriment selon
un genre littéraire qui n'est pas une rédaction de journalistes.
Jamais, d'après ces récits, nous ne saurons donc exactement ce qui
s'est passé le matin de Pâques.*

Françoise Dolto

Quand je lis les évangiles, je rencontre quelqu'un. A
travers genres, images, fantasmes littéraires des évangiles, je
découvre, je le redis, une humanité qui s'exprime, une incar-
nation si extraordinaire, une charnalité si profonde que c'est
du divin.

Dans un récit, comme l'écrit évangélique, si « nature », si
plein jusque dans des détails apparemment incohérents ou
alogiques, je reconnais une cohérence au-delà des aspects qui
peuvent apparaître extravagants.

Ces évangiles produisent en moi des ondes de choc, dont
j'essaie de rendre compte. Avec la psychanalyse on va toujours au-delà : à toute réponse, une autre question se découvre.

Mais la psychanalyse n'explique pas tout. A un certain
moment, elle s'arrête parce que l'humain s'arrête, elle ne peut
aller plus loin. Mais le désir nous entraîne toujours plus
loin... Alors, c'est ou le non-sens et l'absurde ou c'est le sens
qui nous questionne toujours au plus profond de nous-
mêmes jusque dans l'inconnaissable de nous-mêmes et qui,
pour moi, est le champ de Dieu.

J'ajoute que la résurrection est un événement qui,
jamais, n'a été dénié par les chrétiens. C'est aussi à partir de

cet événement que la civilisation chrétienne s'est structurée.

L'«éveil» de Jésus est la base même de la foi de tout chrétien.

Ce «réveil» de la mort est un témoignage que je sens véridique, authentique : je sens que, quelles que soient les morts que j'ai subies, j'en suis sortie «éveillée» puisque j'en suis vivante.

Mais, de quelles morts êtes-vous ressuscitée? Quelles morts, déjà actuellement, vous ont éveillée à une autre vie?

Mais, voyons, nous avons vécu beaucoup de morts, vous et moi!

La mort du fœtus quand naît le bébé.

La mort chez l'enfant qui, croyant que son père et sa mère font les lois du ciel et de la terre, s'aperçoit qu'ils ne sont pas tout-puissants! Quelle perte de confiance en ses parents!

Plus tard, nous avons éprouvé l'impossibilité d'accomplir notre désir d'être le seul amour de notre père ou de notre mère, nous avons réalisé l'impossibilité de porter un enfant de notre père, comme fille, ou de concevoir, comme garçon, un enfant avec notre mère. C'est ce que la psychanalyse a découvert être le drame œdipien.

Quelle mort au moment de la puberté! J'aime un être de toute ma foi, de toute mon imagination, de tout mon corps et, par malheur, je découvre que je lui suis totalement indifférent! Après avoir été un moment amusé par mon amour, il se détourne de moi pour un autre! Pire, peut-être cet amour et ce désir sont-ils partagés, mais leur accomplissement socialement impossible. C'est une mort. C'est la mort réelle pour certains. Une épreuve mutilante parfois.

Encore aujourd'hui, nous retrouvons ces aventures et l'écroulement des certitudes de notre enfance, ces catastrophes de notre adolescence, ces épreuves que nous provoquent la liberté du désir de l'autre, la réalité sociale.

Aujourd'hui encore, nous faisons l'expérience de notre imagination impuissante sur la réalité, laquelle est peu conforme à nos rêves, etc. Toute cette vie, dites-moi, n'est-ce pas une mort permanente ?

Nous sommes des êtres qui découvrons, au jour le jour de notre vie, notre impuissance. Cette impuissance est toujours une mort à notre désir qui se voudrait tout-puissant. C'est ce risque qui accompagne une vie de vivants, aimants, désirants, qui aussi lui donne sens.

Finalement, nous renaissons de nos cendres ?

C'est vrai. Nous continuons de resurgir... Nous continuons de vivre en reconstruisant perpétuellement sur des deuils, sur des morts, sur des séparations qui nous éprouvent souvent très profondément.

Nous renaissons à notre désir après avoir laissé à chacun de nos plaisirs, à chacun de nos essais, un peu de nous-mêmes, de notre espoir ou de nos illusions. Et pourtant, notre espoir renaît et notre désir nous habite toujours, et chante à nouveau son appel si nous restons en bonne santé !

J'allais vous le dire !... En effet, il y a des êtres qui, tout au long d'expériences malheureuses, sont désespérés, perdent leur force d'aimer. Ce sont ceux-là aussi que nous voyons en psychanalyse...

... Et qui font des névroses ou des psychoses... Sans parler de cette pathologie, il nous arrive de somatiser, c'est-à-

159

dire de tomber physiquement malade plus ou moins gravement, parce que tout en nous se révolte même à notre insu,
même si l'intelligence accepte l'épreuve.

Par la maladie, notre corps crie. Ce cri du corps qui
n'est pas dit en paroles est la maladie qui peut parfois nous
entraîner à la mort si personne ne l'entend.

Vous semblez dire que souffrance et désir vont ensemble.

Bien souvent, souffrance et désir forment, en effet, un
couple. L'épreuve est toujours tapie à côté du désir, la souffrance de l'homme est conjointe à son désir. C'est pourquoi
nous craignons de vivre notre désir. (Et parfois, quelques-uns
prennent un certain plaisir dans la souffrance qu'ils confon-
dent avec leur désir!)

La souffrance qui prend possession d'un organe ou d'un
lieu du corps est comme un amant ou une amante de service.
Connus, ces amants de service sont moins dangereux que l'objet
inconnu, sujet du désir chez autrui. La souffrance apaise, en les
occupant, les tensions du désir et ses pièges.

C'est cette crainte que Jésus, tout au long de sa vie, veut
nous faire surmonter : «N'ayez pas peur!» Ne redit-il pas
cette phrase comme un leitmotiv?

Lui-même a été jusqu'au bout de son désir : faire ce que
le Père voulait. Il n'a eu aucune pensée de vengeance contre
ceux qui le torturaient et lui donnaient injustement la mort, il n'a
eu ni dérobade, ni esquive devant cette mort malgré les tour-
ments de l'angoisse au Jardin des Oliviers. Son être tout
entier volontairement acceptait de servir le désir inconnaissable
qui, par lui, devait s'accomplir pour sauver tous les humains
des angoisses de leur désir masqué de l'horreur du péché, ter-
rifié par la mort physique.

Pour vous, Jésus est venu nous enseigner à vivre notre désir.
Bien. Mais alors, pourquoi est-il ressuscité ? Qu'est-ce que sa résur-
rection ajoute de plus ?

Nous sommes des êtres de chair, nous cherchons la
satisfaction de notre désir, le jouir dans la chair. Mais,
jamais, cette chair et les plaisirs qu'elle nous procure ne nous
suffisent ni ne nous comblent.

Jésus ressuscité nous enseigne que si nous cherchons en
esprit et en vérité, en affrontant le doute et son épreuve, si
nous dépassons la chair sans en bannir les plaisirs partagés, sans
faire l'économie des risques pour notre corps, par-delà la mort,
nous trouverons l'épanouissement de notre désir.

Parlons maintenant des textes des évangiles. Qu'est-ce qui vous
frappe d'abord dans ces passages qui relatent, chacun à sa manière, que
le Christ « s'éveille » de la mort ?

Ce qui me saisit ou, mieux, ce qui me touche, c'est la
joie. Chaque apôtre, chaque femme, chaque disciple se met
en route pour alerter les autres et communiquer que le Christ
n'est pas mort mais qu'il vit. Chacun fait part à tous de sa rencontre avec lui, de sa découverte et de sa joie.

On dirait une traînée de joie que l'on fait partager. Ce
don de la joie est le premier « fruit », le premier effet de cet
événement.

La joie n'est pas amusement ni plaisir, la joie est une
émotion profonde qui envahit tout notre être, qui nous exalte
et nous fait rayonner.

Ainsi, les amis qui vont vers Emmaüs sentent leur cœur
brûlant et, tout de suite, ils retournent à Jérusalem trouver
les « Onze ». « En voyant le Seigneur, les disciples furent

joyeux », etc... Quand Marie de Magdala reconnaît Jésus, elle lui donne un diminutif affectueux, tout comme Jésus qui l'appelle non pas « Maria » mais « Mariam », il lui change son nom...

Je sens, dans tous ces textes, le choc ou la stupéfaction puis, l'incrédulité une fois passée, la joie bouleversée des retrouvailles et, bien vite, la familiarité, la surprise devant la mutation de Jésus. Vraiment, c'est bouleversant et joyeux, pour moi aussi.

Comme après une naissance... l'entourage est alors heureux, le « travail » est fini... un nouvel être est arrivé.

Votre association d'images me paraît appropriée. Quand les temps sont arrivés, quand c'est le moment, le fœtus doit, pour jouir de la vie qui continue, accepter la mort.

Il laisse alors ses enveloppes, il laisse l'audition de son cœur de fœtus, au rythme de pendule, associé, dans un tam-tam sécurisant, au bruit du cœur de sa mère. Il laisse sa manière particulière de se nourrir par le cordon ombilical. Il laisse la chaleur de ce premier berceau. Il en laisse des choses ! Que de pertes pour le fœtus au moment de la naissance... du bébé, cet être si différent du précédent et qui accomplit ses promesses.

Cet « éveil » ou cette résurrection de l'être vivant après la séparation de son placenta est une image de ce qu'est après la mort d'un mode de vie connu la résurrection de l'être de désir — que je suis, que nous sommes tous. Après la perte de ce qui nous paraît indispensable pour vivre et qui est laissé à la corruption, nous naissons à une nouvelle connaissance d'un vivre, impensable auparavant.

Après la mort, nous nous éveillons donc, comme le dit l'Évangile pour le Christ, à une vie autre...

... Oui, je le crois. Le spirituel, n'étant pas de la consommation charnelle, apportera une joie indicible avec nos mots actuels car le plaisir dans la jouissance du corps n'est qu'une métaphore, une analogie. Nous découvrirons alors le désir de l'esprit effleuré, pressenti seulement dans l'amour de maintenant. Oui, nous pourrons, en esprit, connaître la vérité de l'amour et, je le crois, une jouissance dont nous n'avons aucune notion avant d'être passés par la mort.

Vous voulez dire que la résurrection de Jésus montre une scission entre le charnel et le spirituel?

Non, il n'y a pas de scission. C'est une suite, comme le bébé est la suite du fœtus...

Bien sûr, il y a la cicatrice du cordon ombilical qui laisse la trace d'une séparation partielle non d'avec la mère mais d'avec une partie de soi (placenta, cordon), mais ce n'est pas une division de notre être, c'est une autre manière d'exister. C'est un plus-être avec un autre avoir, une autre connaissance de notre mère, de notre père et du monde.

Quand il apparaît à Thomas et aux autres apôtres, Jésus ne montre aucune cicatrice mais des déchirures restées ouvertes en son corps «éveillé»... (quel corps?) qui se réfère à son corps terrestre... Non, il n'y a pas de scission, il faudrait peut-être dire mutation.

Présentement, nous ne pouvons être visités par le spirituel qu'à travers notre charnel, nous ne pouvons toucher Dieu qu'à travers notre corps. Mais nous pourrons y revenir quand nous parlerons des «apparitions» de Jésus.

Avant de parler des apparitions..., je voudrais revenir sur ce que vous dites au sujet de la mort du fœtus et de la naissance du bébé...

Laissant l'enveloppe de notre corps et ses opacités, nous atteignons notre véritable identité : une personnalité d'esprit et de lumière. Notre cohésion biologique et fonctionnelle a servi d'intermédiaires pendant un temps à une vie spirituelle qui est d'ailleurs.

Voici ma question : est-ce qu'on n'est pas toujours tenté de se raccrocher à ce qu'on connait (ici, la mort du fœtus permet l'éveil du bébé) et de le projeter ailleurs ? Jésus devient ainsi le premier-né d'entre les morts, on proclame aussi que la mort accouche de la vie, etc. ?

Nous ne pouvons pas faire autrement. Nous sommes déterminés à comprendre le présent et le futur d'après le passé et l'actuel que nous osons imaginer.

C'est pourquoi je vois, par exemple, une image de la résurrection dans ce qui se passe pour des mots qui dorment depuis deux mille ans, quatre mille ans peut-être ou plus, et qui reprennent vie. On ne connaît ni le code ni, bien sûr, le sens de ces signes gravés sur la pierre ou imprimés dans la glaise. Ils sont inertes...

Si un humain découvre ces écrits, si, par son travail, il décode ces signes, ceux-ci font alors ressusciter le sens que celui qui, vivant il y a des milliers d'années, a inscrit dans ces symboles : deux êtres communiquent. Tout ce que «l'écrivain» antique a confié à ces «lettres», tout ce qui, de son esprit, est inscrit dans la matière est enfin libéré. C'est une image de «l'esprit» qui habite notre corps un temps et qui peut être éveillé, révélé par-delà la mort de ce corps. Deux désirs rencontrés qui donnent leur fruit : se faire comprendre et chercher à comprendre. Arrive alors l'intelligence du sens de la parole pensée et écrite.

Je le redis, la résurrection est pour moi une arrivée au monde de l'esprit, comme nous avons compris, pour prendre une autre image, que notre vie de maintenant s'est inaugurée à notre naissance par notre arrivée au monde des créatures terrestres, dans leur espace et leur temps après avoir vécu dans le monde utérin.

Pour vous donc, nous ne pouvons faire autrement que de tirer des comparaisons, des conclusions en regardant la vie qui nous entoure...

Oui, je le crois. Voyez aussi la métamorphose des insectes... Le ver qui entre dans la chrysalide et y meurt ! Si nous ouvrons ce cocon avant que le temps ne soit accompli, il en sort un liquide. Si on laisse le temps accomplir sa gestation, il en sort un être, je dirais, glorieux, un être de lumière et de couleurs : le papillon médiateur, de fleur en fleur, de paroles d'amour dont il est messager. Magnifique et éphémère, serviteur de la vie.

Je me demande si ce n'est pas quelque chose d'analogue à cette métamorphose que vivra notre être dans ce qu'il a de spirituel, quand il sortira glorieux comme Jésus, ou «éveillé», dépouillé de son conditionnement de besoins : son enveloppe charnelle, cadavre, le sujet qui l'animait de son désir retourné dans l'ailleurs, là d'où viennent et où vont... peut-être, les paroles.

D'après vous donc, on ne peut savoir ce qu'il en est de la résurrection de Jésus que d'après les constatations de notre vie, les observations de la vie qui nous entoure et d'après la révélation faite dans les évangiles et les lettres de Saint Paul : il était mort et le voici en vie. « Pourquoi cherchez-vous le vivant parmi les morts ? » Il a été transformé.

Mais alors, quand il rencontre les deux amis qui vont vers Emmaüs, qu'il se montre à Marie de Magdala, que sur la plage, on le prend pour un inconnu qui fait du feu... il est toujours en perpétuelle transformation. Pourquoi n'est-il pas transformé une fois pour toutes, et toujours semblable à lui-même ?

Avec ces deux amis qui vont à Emmaüs, on pense que Jésus joue à celui qui ne sait rien. « De quoi discutez-vous ? » dit-il. « Tu ne sais pas ce qui est arrivé à Jésus de Nazareth... ? C'était un prophète, on l'a mis à mort. » Et ces deux compères lui expliquent tout ce qui vient de se passer et même lui rapportent des on-dit concernant sa résurrection.

Peut-être que Jésus a oublié des faits de sa vie antérieure. De cette vie qui fut sienne avant sa mort, il n'en a peut-être plus tous les souvenirs. Et les disciples lui racontent sa vie antérieure et, en même temps qu'on la lui rappelle, il comprend : « Vous n'êtes pas malins... » Il a tout compris parce qu'il est de l'autre côté. Il est « éveillé » à un autre monde.

Peut-être de tout ce qu'a été sa vie terrestre, il ne se souvient pas entièrement... Il n'a même plus le même corps qu'on pourrait reconnaître, mais il a l'essentiel de ce qui le fait, par les autres, reconnaître : il est dans la chair d'un homme, écriture du désir des hommes et de Dieu conjoint.

Comme nous, nous ne savons plus rien de notre vie de fœtus, nous n'en avons plus le souvenir conscient.

Mais pourquoi est-il toujours autre quand il apparaît ?

Parce qu'il est toujours rejaillissement du désir de celui qui le rencontre. Ressuscité, il n'avait plus le visage, la forme, le corps donnés par l'hérédité de ses parents.

Je crois que, ressuscités, nous aurons, nous aussi, un visage unique, prototype original, à nul autre semblable. Nous aurons une qualité d'être que seuls ceux qui nous aiment intensément, de notre vivant, reconnaîtrons, comme Jean reconnaît toujours Jésus. Nous-mêmes, nous ne pourrons pas reconnaître ce qu'a été notre vie sur terre mais nous continuenuerons à vivre dans l'essentiel de notre désir et, par là, peut-être serons-nous très proches de ceux que nous aimons.

Je pense aussi qu'«éveillés», nous continuerons comme Jésus à transmettre de l'essentiel. Mais... quand il a transmis, qu'il a été reconnu, il disparaît, c'est troublant.

Pourquoi ce cache-cache? Il fait un geste significatif, il dit une parole pleine de sens et il disparaît.

Il ne s'agit pas d'un cache-cache.

Jésus nous demande de vivre de l'esprit de ses paroles et de sa manière d'agir, et non pas du souvenir de son corps charnel. Le geste qu'il réalise, la parole qu'il profère sont maintenant signes suffisants, efficaces, pour le reconnaître et en vivre.

Il ne veut pas qu'on le prenne pour un fétiche. Il n'est pas sujet d'idolâtrie mais il est porte et itinéraire. Sa présence est un passage qui ouvre un chemin vers l'au-delà du visible.

Regardez encore cet épisode des deux amis qui vont à Emmaüs. Ils ne reconnaissent pas son visage mais ils le reconnaissent à un geste significatif, révélateur : Jésus prend le pain, le bénit et, l'ayant rompu, le leur donne. Leurs yeux

167

s'ouvrent, ils le reconnaissent en « communiant » mais lui est devenu au même moment invisible à leurs yeux humains !

Tout est là dans ce geste indicateur : partager la nourriture substantielle mais avec des cœurs préparés par un embrasement d'amour. Et ce geste indicateur leur fait comprendre que la passion ardente dans laquelle ils étaient, c'était le feu de l'amour, dont Jésus est le suscitant et le re-suscitant en eux. Partagez tout, partagez la joie, et le vivre de Moi — Dieu entre vous.

Je m'étonne de vous voir insister ainsi sur cet aspect affectif dans les relations... spirituelles !

Oui, c'est vrai, ce n'est sûrement pas très spirituel, mais pour moi ce côté affectif est très important. Humains, nous ne pouvons le mépriser. C'est une manière essentielle de rencontrer l'autre, manière que nous retrouvons d'ailleurs chez le « Samaritain » ou le père du fils prodigue, mais ignorée du riche envers Lazare !

Comme il n'y a pas de scission, la matière elle-même est porteuse de signe spirituel : le corps et la vie de Jésus, et lui tout entier, c'est maintenant pain partagé. C'est pourquoi il vient de disparaître à la vue de ses deux disciples. Mais sa présence est vibrance d'amour qui fait entrer nos cœurs en résonance.

Oui, mais il nous dit de refaire ce partage « en mémoire » de lui ! Que veut dire Jésus par ces mots : « Faites ceci en mémoire de moi (1). »

---

(1) Luc : Chapitre XXII — verset 19.

Partager le pain et le vin, signifie partager les biens essentiels à la subsistance du corps : le pain, et le lien essentiel à la fête : le vin. C'est être liés ensemble par le travail des hommes et par la fraternité joyeuse du partage.

Mais les chrétiens font ce partage en mémoire de Jésus. Cela veut dire que ce Jésus est cet homme, mort et ressuscité, qui a laissé un appel à un amour qui nous dépasse toujours. Il nous convie à un désir qui dépasse tous les désirs partiels, qui va toujours au-delà de toutes les jouissances partielles des biens de ce monde ; un désir qui surpasse, englobe et préside l'affectivité que nous avons les uns pour les autres. Ce Jésus ressuscité nous dit que le partage joyeux, humain n'est qu'une étape. « Vivez ensemble fraternellement et moi, au milieu de vous, je suis et je resterai. »

Avec Jésus, nous marchons plus loin : Fils de Dieu, il nous «éveille» à un monde autre. Cette «communion», ce partage en mémoire de lui, nous ouvre les yeux, comme pour les amis d'Emmaüs : on ne peut rester ensemble, installé dans le bonheur d'un moment, allons communiquer notre joie.

Le fait de prendre ce «pain» nous fait devenir «spirituels»?

Oui, avec Jésus, notre désir s'ouvre toujours à autre chose, à un monde toujours autre. La communion avec lui affine notre désir. Jésus nous fait aller toujours de l'avant !

Vous pensez bien que s'il était toujours là avec son corps charnel, nous serions tous voyeurs ! On ne le quitterait pas des yeux ! Fixé à ce fétiche du divin, notre désir qui fait que nous sommes humains et spirituels deviendrait sans mouvement, sans vie, fasciné. Nous serions comme des morts-nés.

Ce qui nous permet d'aller de l'avant, c'est que Jésus est

présent-absent. Ce qui nous fait chercher, c'est qu'il n'est pas là pour nous donner une réponse. Ce qui nous fait inventer, c'est qu'il n'y a point de chemin tracé pour personne.

Jésus itinéraire, source de vie, ouverture, ne sont-ce pas des mots qui, dans le fond, disent tous : absence et mouvement.

Mon itinéraire, ma source, mon ouverture vers Dieu, vers la vie sont uniques au monde, originaux. Jésus, ressuscité et absent de mes yeux, me permet, me référant à son message, d'inventer ma vie inédite dans le mouvement qui me mène vers les autres.

Ce n'est pas un jeu de cache-cache, c'est la possibilité de vivre, d'étape en étape, le continu accouchement qui me fait naître à une vie avec lui que, pour mon désir, il suscite et ressuscite, en répétant sans cesse : «N'aie pas peur.»

Je reviens à l'épisode de deux amis qui vont vers Emmaüs. Il est bien noté dans cet évangile que Jésus «fait semblant» d'aller plus loin... C'est bien du cache-cache ou de la comédie !

Pour eux, les deux disciples, Jésus fait semblant d'aller plus loin. C'est vrai, le désir mène toujours plus loin et lui, «éveillé», va plus loin. Il a envie d'aller plus loin, il a le désir d'aller plus loin. Il ne joue pas la comédie. Mais les deux disciples, ou Luc qui rapporte le fait, ne peuvent pas imaginer une autre raison à l'attitude de Jésus.

«C'est le soir, déjà le jour baisse»... Pour eux, c'est l'heure de l'étape et du repos : eux ils sont dans la chair qui se fatigue. Si Jésus va plus loin, c'est qu'il veut se faire prier, il «fait semblant», se disent-ils !

C'est le principe élémentaire de la projection : attribuer ses propres sentiments à l'autre. Ainsi les deux disciples, à la place de Jésus, auraient agi ainsi. Donc, Jésus, pensent-ils, a agi ainsi.

Mais pourquoi ne se rendent-ils pas compte que c'est Jésus?

Ils vivent là une expérience de bonheur indicible. Leur cœur est fasciné, il est en résonance avec le cœur de ce séducteur qui a tant aimé les hommes.

Jésus apparaît à ces gens qui désirent comprendre ce qui s'est passé. Seuls, ceux qui le désirent peuvent le voir. Seuls, ceux-là peuvent vivre une expérience après laquelle ils se disent : c'était lui.

Mais, pendant qu'il est là, ils ne se rendent pas compte que c'est lui. Pourquoi? Parce qu'ils sont tellement désireux d'en entendre plus, d'en apprendre davantage...! Ils étaient pourrait-on dire, tellement suspendus à ses lèvres, qu'ils ne pouvaient pas se regarder, eux, ils ne pouvaient pas faire attention à ce qu'ils ressentaient, ils ne pouvaient pas revenir sur eux-mêmes pour se dire : «Toutes ses paroles nous brûlent». Ils jouissaient de la parole de cet homme qui les séduisait. Ils étaient ravis. Ils voulaient le garder avec eux.

Et Jésus a compassion d'eux à nouveau. Comme au temps où il était sur terre, il continue d'avoir compassion des humains. Les humains ont besoin de garder quelque chose de matériel avec eux quand ils en éprouvent de la joie. Faire durer le plaisir, n'est-ce pas humain? Le réévoquer ensemble aussi.

Il leur laisse donc le partage du pain. Et quand Jésus a disparu, absent, alors ils revivent tout ce qu'ils ont entendu : c'était lui. C'était bien lui!

Jésus touche au cœur de l'être; c'est l'illumination, la certitude.

171

Tout de suite, ça les met en route, autres.

Ils reviennent convaincus, non pas seulement d'avoir vécu une expérience extraordinaire, mais certains de la fécondité en eux de ces paroles et de cette rencontre et certains aussi de la joie qu'ils ne peuvent pas taire, qu'ils vont aller dire et transmettre aux autres.

Je précise que Jésus ne s'est pas fait reconnaître par des mots particuliers à ces deux hommes mais par le brûlant amour qu'il suscitait dans leur cœur.

Ils ont voulu garder cet homme avec eux. Il leur a alors «parlé» le langage de leur corps se mettant à table avec eux, et en partageant le pain. En faisant ce geste qui d'un autre compagnon eût été banal, il disparaît! C'est cela qui leur donne la certitude que c'est bien lui, ressuscité, qui avait déjà fait le même geste en disant : «Faites ceci en mémoire de moi». Par ce signe, il a encore parlé à leur cœur, les embrasant des paroles qu'il leur avait dites, et il leur a avec ces morceaux fragmentés de pain à consommer laissé au corps un viatique de joie à partager avec tous.

Il les a comblés de sa présence en leur corps charnel, en leur cœur affectif, en leur esprit pour comprendre les Écritures.

Il opère ainsi, peu à peu, un changement de façon souvent inconsciente.

Ce jour-là, c'était à Emmaüs. Aujourd'hui et partout, dans le banal de la vie, il émeut notre cœur jusque dans le dénuement de la vérité de notre amour et, avec une patience infinie, il nous «métamorphose».

Venons-en à ce corps «éveillé», «réveillé» ou en langage de spécialistes : ressuscité. N'aurait-il pas pu se montrer autrement qu'avec son corps, par du feu, comme Dieu à Moïse, ou par un autre phénomène?

Oui ou par une parole entendue... Mais puisque le verbe de Dieu s'est en lui incarné sous forme et conditionnement d'homme, il se montre corporellement.

Pour les humains, pour les apôtres, je ne parle pas pour le Christ, ce corps « éveillé » tel qu'il leur apparaît est quelque chose qu'en psychanalyse on peut apparenter au retour du refoulé.

Avant d'aller plus loin, pourriez-vous expliquer ce que veut dire « retour du refoulé » ?

Il est des faits, des émotions ou des pensées que nous avons refoulés dans notre inconscient. Ces faits ralentissent ou arrêtent le développement de pans entiers de notre vie psychique à une certaine époque de notre évolution.

Ces événements comportaient alors une telle énergie affective, sans mots ni images pour les traduire, qu'il fallait les refouler dans l'inconscient.

Grâce à ce processus de refoulement dans l'inconscient, petit à petit nous prenons conscience de notre corps. En effet, quand, par exemple, notre mère, au début de notre vie, nous a empêchés le vivre de notre désir, qu'elle n'a pas satisfait immédiatement notre envie de têter, ou seulement de la revoir, elle nous a permis de prendre conscience que nous avions un corps séparé du sien, notre corps affamé s'est tendu, nos lèvres ont cherché : nous étions en attente de satisfaire notre besoin de quelque chose ou d'elle.

Ces cris, ces pleurs qui exprimaient aussi l'attente de la satisfaction du désir d'elle, se sont peu à peu mués en paroles pour traduire de façon fine et différenciée nos divers manques en besoins et pour le désir, souvent le déguiser en besoins que les mères entendent. A défaut de satisfaire à tout coup nos besoins et nos désirs, notre mère et nous, les autres et nous, avons appris à nous parler.

Ces cris, ces pleurs, traduction de notre verbe, ont épaissi notre chair.

Que voulez-vous dire par « épaissi notre chair » ?

Je veux dire nous faire exister en image de corps pour nous-mêmes, faire prendre sensible présence à notre chair pour la perception que nous en avons en des lieux précis de notre corps chose, lieux qui étaient tendus de besoins ou de désir et qui pouvaient être ou ne pouvaient pas être satisfaits. Ces lieux de besoins, de désir, nous les crions d'abord, puis les parlons. Ainsi notre corps devient symbolique, langage exprimé.

Je pense donc que notre chair, c'est l'épaississement du verbe qui n'est pas arrivé à s'exprimer au niveau où il avait à s'exprimer ni au moment où il avait à s'exprimer.

Pour vous, qu'est-ce que le verbe ?

Le verbe c'est pour moi le mouvement, l'élan originel de chacun. Comme, dans une phrase, le verbe est le moteur, ainsi en nous une source, un griffon, une impulsion nous élancent vers la vie, vers les autres, à leur recherche. Le verbe, je le vis comme l'énergie potentielle à sa source qui est son mouvement d'esprit créateur de sens vivant.

Ainsi, la chair de tout homme serait en partie faite de «non-dit», de ratés dans l'expression de nos sentiments, etc.?

Oui, c'est ça. J'ajoute que notre parole humaine est aussi un épaississement du verbe et une déformation du verbe, quels que soient le langage et les codes grammaticaux des humains.

Cependant, à travers l'épaississement du verbe qu'est le langage, quelque chose est communiqué qui est plus que du mental, exprimant besoin ou désir, quelque chose qui est communication de pure énergie.

Et nous savons que le désir n'est jamais satisfait même s'il obtient ce qui paraît lui manquer. Toujours, il manque quelque chose au désir.

Ce qui manque au désir, ne serait-ce pas justement que nous, dans notre chair, nous ne puissions ni nous accomplir dans le verbe, ni nous ouvrir à lui pour son accomplissement total en nous.

Notre désir est d'être une parole qui serait l'homme même ou, pour vous, le verbe même?

Oui. Et, je pense que le corps du Christ ressuscité est le verbe, le désir pur de Dieu lui-même qui, par charité pour les humains, devient dense, consistant quand il veut apparaître à nos sens pour nous éveiller, jusque dans notre chair, à la vérité des paroles qu'il a dites.

Revenons au «retour du refoulé». C'est ce que nous trouvons dans les psychanalyses quand des faits, apparemment perdus par la mémoire, ressurgissent, ressuscitent.

Oui, grâce au transfert sur le psychanalyste qui ne se satisfait pas des désirs du psychanalysant (1), celui-ci peut retrouver ce qui, passé à une certaine époque de sa vie, avait été refoulé, il peut comme revivre émotionnellement cette époque. Cela permet alors, à des faits de revenir à la mémoire tellement vivants, qu'ils portent, alors, des fruits.

Ces fruits de sa vie, qui sont des acquis de savoir et de pouvoir gagnés par expérience avaient été refoulés, comprimés dans le vécu de cette époque. Quand ces éléments refoulés réapparaissent, il y a retour du refoulé, et alors, je le redis, ils portent fruits de vie, de libération, de « con-naissance » de soi et de l'autre. C'est une découverte de la psychanalyse.

Ainsi, les apôtres ont été arrêtés dans leur mouvement vers le Christ. Leur élan d'amour pour Jésus a été paralysé, d'autant qu'ils ont gardé le souvenir de cette plainte : « Mon Dieu, pourquoi m'as-tu abandonné ? (2) »

Puisque lui, le Christ, l'a criée sur la croix, les apôtres peuvent la prendre aussi à leur compte, cette plainte ; eux aussi sont maintenant abandonnés. Ou bien, c'est parce qu'ils se sentaient tellement abandonnés qu'ils ont mis ce cri dans la bouche de Jésus, projetant ainsi sur lui leur détresse intérieure.

Le « corps-chose » de Jésus est passé dans la mort. Il est fini. Il ne faut même plus y penser. Ce corps effondré, devenu loque sur la croix, est un souvenir à étouffer, à réprimer, à refouler. Il ne faut même plus en avoir une image, tant ce tableau est source de déplaisir, de souffrance, de désespoir, de détresse pour tous, après ces trois années de vie

---

(1) Psychanalysant = celui qui est en psychanalyse.

(2) Même si ce cri de détresse, première phrase du psaume XXII, se termine par des mots de confiance.

ensemble, d'initiation quotidienne à une autre compréhension de la vie et de Dieu, après les miracles, après la joie et l'approche du triomphe. Échec total, misérable fin !

Il me semble que le retour du refoulé ici, c'est le retour du corps de Jésus blessé, marqué, re-présentant toutes les épreuves de la passion, qui ont entraîné sa mort et les trous dans les mains et les pieds et la plaie du côté béante où Thomas peut mettre ses doigts.

Ce corps éprouvé, abandonné, tout à coup, surgit. Il est de retour celui qu'ils ont vu mourir, celui qu'il fallait refouler, oublier ! Par ce retour, Jésus leur montre que ni Dieu ni lui ne les avaient abandonnés, il est de nouveau parmi eux, aussi vivant dans ce corps par-delà ses épreuves, ce corps qu'ils peuvent toucher, qui mange avec eux, qui apparaît toutes portes closes et disparaît de même.

Mais n'est-ce pas une irruption psychique, une espèce de défoulement ? Les apôtres n'ont-ils pas pris leur refoulé pour une réalité extérieure à eux ?

Pas du tout. Ce serait des hallucinations. Ils auraient eu des perceptions sans objet, des visions sans support !

Non, de tels accidents psychiques ne produisent pas de « fruits ». Lisez les évangiles, découvrez les détails des faits relatés, et vous verrez que ceux qui ont écrit les évangiles ou ceux qui se disent témoins n'ont rien de commun avec les patients hallucinés !

Je disais que ce n'est pas pour rien que Jésus se montre avec son « corps » de déréliction, avec ce corps abandonné, privé de tout secours divin sur la croix, avec ce corps que les apôtres se « devaient » d'oublier.

Quand Jésus ressurgit visible avec ce corps, il délivre ses disciples, il «débloque» leur détresse, leur tristesse, leur peur et tout ce qu'ils commençaient à refouler. Ils rentraient chez eux, ils se cachaient aux yeux des Juifs parce qu'ils se cachaient ces événements à eux-mêmes. Ils avaient tous pensé que Jésus serait reconnu enfin par les autorité judaïques comme Fils de Dieu, le Messie qu'on attendait. Après toute la puissance qu'il avait montrée, se faire arrêter, juger, crucifier !

C'est pourquoi il montre les traces des clous···

Oui... Il témoigne à nouveau des épreuves qui ont été siennes et qui l'ont mené a la mort physique. Maintenant qu'il est éveillé à un autre monde, toutes ces traces de sa vie antérieure ont, pour lui et ses disciples, un autre sens !

Mais il ne montre pas à tous la trace des clous et sa plaie au côté. Il se montre à qui le désire et à qui en a besoin pour croire. Il se présente sous une forme particulière à chacun.

Il se révèle selon le centre d'intérêt, selon le désir, selon la mesure de chacun. Il se présente à ses apôtres tel qu'ils l'ont connu. Aux disciples d'Emmaüs, il se montre par l'éclairement des Écritures et le pain partagé. A Thomas, il se révèle par ses plaies. Thomas doit toucher la vérité pour croire.

Et à Marie de Magdala, son apparence est celle du gardien du jardin ! Vous le savez, le jardin d'une femme, c'est son utérus, son vagin... Jésus l'appelle par un prénom, jamais jusque-là utilisé à son égard dans les évangiles : «Mariam». Immédiatement, elle le reconnaît. Dès qu'elle le reconnaît, elle redevient femme face à un homme. Elle veut le toucher, le retenir. Mais il lui dit qu'il est pour «ailleurs», pour son Père. Il disparaît à son plaisir de le retenir entre ses bras, entre ses mains. Ça la met en route : elle a une telle joie, une telle certitude qu'Il est vivant, qu'elle vient le dire aux apôtres.

Les apôtres, d'après Luc, ne croient pas Marie de Magdala. Ce qu'elle dit est pour eux de la « divagation »...

Ce sont des hommes ! Ils se disent : «Ces femmes, ça délire toujours» ! Ils sont en train de rejeter un témoignage de la résurrection parce qu'ils ne peuvent admettre ce qui n'est pas conforme à leur pensée raisonnante à la logique quotidienne. Les femmes sont plus immédiates dans leur perception du monde et de sa vérité. Les femmes ne sont jamais logiques au regard des hommes.

Jésus apparaît à ces hommes dans sa chair avec ses traces de trous qu'ont fait les clous, la lance... pour les convaincre. Pour mieux les persuader, il lui faut consommer, car un homme, ça consomme !

Il leur dit : «Avez-vous quelque chose à manger ? Vous aurez ainsi la preuve. » Ils attendent un consommateur ! Pourquoi ? Parce que c'est notre animalité qui consomme, tous les animaux consomment pour vivre. S'ils voient Jésus consommer, c'est qu'il n'est pas un fantôme. Et Jésus montre qu'il est ressuscité aussi dans l'animalité de l'homme, bien que son corps obéisse à d'autres lois que nos corps de terriens.

Pourquoi n'a-t-il pas consommé du pain, du vin, mais une part de poisson ?

Je pense qu'il voulait, ressuscité, leur montrer que tout ce que fait de son vivant un homme, tout ce qu'il consomme pour vivre est valable et pas seulement le pain et le vin qu'il avait dit être son corps et son sang.

Les plus terre à terre de nos besoins peuvent être métaphores de l'alliance de Dieu et des hommes.

Mais ce poisson a peut-être un autre sens. Tout a tant de sens !

Qu'est-ce que nous ajoutons à la compréhension de la résurrection de Jésus ?

Je ne dis pas que nous ajoutons quelque chose ! Le mystère reste toujours. Il me semble qu'en en parlant comme nous en avons parlé, nous avons d'abord éprouvé de la joie tous les deux ; et puis nous nous sommes placés dans cette suite des chrétiens, car c'est bien là leur nom, de tous ceux qui croient aux Évangiles parce que Jésus est mort et « réveillé ».

Ce qui rend joyeux

Discours de Jésus sur la montagne
Évangile selon Saint Matthieu
Chapitre V — versets 1 à 12

En voyant les foules, il monte sur la montagne. Il s'asseoit. Ses disciples s'approchent de lui. Prenant la parole, il les enseigne en disant :

- Quel bonheur pour ceux qui sont en manque jusqu'au fond du cœur!
- Oui, il est à eux le Royaume des Cieux!

- Quel bonheur pour ceux qui sont dans les pleurs!
  Oui, ils seront réconfortés!

- Quel bonheur pour ceux qui sont doux!
  Oui, ils hériteront de la terre!

- Quel bonheur pour ceux qui ont faim et soif de justice!
  Oui, ils seront comblés!

- Quel bonheur pour ceux qui se laissent toucher par la souffrance des autres!
  Oui, ils seront eux-mêmes soulagés!

- Quel bonheur pour ceux qui ont le cœur propre!
  Oui, ils verront Dieu!

- Quel bonheur pour les fabricants de paix!
  Oui, ils seront invités en tant que Fils de Dieu!

- Quel bonheur pour ceux qui sont chassés à cause de leur
  pratique de la justice!
  Oui, il est à eux le Royaume des Cieux!

- Quel bonheur quand on vous fait des affronts et qu'on
  vous chasse et, qu'à cause de moi, on dit, en mentant,
  toutes sortes de malveillances contre vous!
  Réjouissez-vous et sautez de joie dans les bras les uns
  des autres...
  Bien sûr, vous aurez un salaire élevé dans les cieux!
  Oui, c'est ainsi qu'ils ont chassé les prophètes qui étaient
  avant vous.

TABLE

DU MÊME AUTEUR

Le Cas Dominique, *1971*
coll. «Points», 1974

Psychanalyse et Pédiatrie, *1971*
coll. «Points», 1976

Lorsque l'enfant paraît, tomes 1, 2 et 3
1977, 1978, 1979

L'Évangile au risque de la psychanalyse, tomes 1 et 2
coll. «Points», 1980, 1982

Au jeu du désir, *1981*

Séminaire de psychanalyse d'enfants, tome 1
en collaboration avec Louis Caldaguès, 1982

La Foi au risque de la psychanalyse
en collaboration avec Gérard Sévérin
coll. «Points», 1983

L'Image inconsciente du corps, *1984*

Séminaire de psychanalyse d'enfants, tome 2
en collaboration avec Jean-François de Sauverzac, 1985

Enfances
en collaboration avec Alecio de Andrade, 1986
coll. «Points Actuels», 1988

Dialogues québécois
en collaboration avec Jean-François de Sauverzac, 1987

Inconscient et Destins
en collaboration avec Jean-François de Sauverzac, 1988

Quand les parents se séparent
en collaboration avec Inès Angelino, 1988

Autoportrait d'une psychanalyste
en collaboration avec Alain et Colette Manier, 1989

en cassettes de 60 minutes
Séparations et Divorces, *1979*
La Propreté, *1979*

CHEZ D'AUTRES ÉDITEURS

L'Éveil de l'esprit de l'enfant
en collaboration avec Antoinette Muel
Éd. Aubier, 1977

L'Évangile au risque de la psychanalyse, tomes 1 et 2
Éd. Jean-Pierre Delarge, 1977, 1978

La Foi au risque de la psychanalyse
en collaboration avec Gérard Sévérin
Éd. Jean-Pierre Delarge, 1980

La Difficulté de vivre
Interéditions, 1981

Sexualité féminine
Scarabée et Compagnie, 1982

La Cause des enfants
Laffont, 1985

Solitude
Vertiges, 1986

La Difficulté de vivre
Vertiges-Carrère, 1986

Tout est langage
Vertiges-Carrère, 1987

L'Enfant du miroir
Françoise Dolto et Juan David Nasio
Rivages, 1987

La Cause des adolescents
Robert Laffont, 1988

Paroles pour adolescents
ou Le Complexe du homard
en collaboration avec Catherine Dolto-Tolitch
Hatier, 1989

IMPRIMERIE BRODARD ET TAUPIN À LA FLÈCHE (1-90)
DÉPÔT LÉGAL NOVEMBRE 1982. N° 6319-5 (1111C-5)

Collection Points